www.loqueleo.santillana.com

© 1999, Jordi Sierra i Fabra
© De esta edición:
2016, Santillana Infantil y Juvenil, S. L.
Avenida de los Artesanos, 6. 28760 Tres Cantos (Madrid)
Teléfono: 91 744 90 60

ISBN: 978-84-9122-137-1
Depósito legal: M-37.925-2015
Printed in Spain - Impreso en España

Primera edición: febrero de 2016

Directora de la colección:
Maite Malagón
Editora ejecutiva:
Yolanda Caja
Dirección de arte:
José Crespo y Rosa Marín
Proyecto gráfico:
Marisol del Burgo, Rubén Chumillas, Rosa Marín, Julia Ortega
y Álvaro Recuenco

LAS CHICAS DE ALAMBRE

JORDI SIERRA I FABRA

loqueleo

A Marcel, que casi me «obligó» a escribir esta novela.

*La belleza puede ser la gloria
o la ruina de una persona. Depende de quién la lleve,
de cómo la lleve, de cómo la utilice
o a quién se la regale.*

1

Aquel día me dormí.   9

Había estado trabajando hasta tarde, terminando un artículo no demasiado brillante sobre la moratoria para la caza de ballenas y el hecho de que noruegos y japoneses se la pasaran por el forro cuando les convenía. Me caen bien las ballenas. Pero el problema es que, cuando algo me afecta, pierdo la visión periodística, dejo de ser objetivo, tomo partido y entonces... acabo escribiendo panegíricos bastante densos. Ideales para los boletines informativos de Greenpeace o de Amnistía Internacional, pero no para una revista.

Aunque la dueña sea tu propia madre.

Por esa misma razón, ese día, al despertar a las diez de la mañana, me quedé sin aliento. No por ser Paula Montornés la propietaria y directora de Z.I. tienes más privilegios que los demás o puedes hacer lo que te dé la gana.

Me aseé, duché y vestí en diez minutos. Ni siquiera desayuné. Dejé mi desordenado apartamento a la carrera —es tan pequeño que cualquier cosa fuera de sitio ya crea sensación de desorden y caos— y llegué a la redacción pasadas las diez y media, porque no quise saltarme ningún semáforo pese a preferir la moto por razones obvias. La primera sonrisa de la mañana me la dirigió Elsa, sentada como siempre al frente de su mesa en forma de media luna, debajo del logotipo de la revista inserto en la pared situada a sus espaldas. Nos llevábamos bien. Bueno, aunque Elsa sea la recepcionista de Z.I., lo cierto es que me llevo bien con todas las recepcionistas y telefonistas que conozco. Son la clave para acceder a sus jefes, para que te digan si están o no están, o a qué restaurante van a ir a comer o cenar. Ellas, y las secretarias. Un buen periodista debe saber eso.

—Buenos días, Jon —me deseó, antes de darme directamente la noticia—: Tu madre quiere verte ya mismo.

Me olí la bronca. Mamá es de las que aterriza en la oficina a las nueve en punto. Como un reloj.

Ella no actúa «fuera», claro. Ya no ha de tomar aviones, ni quedar con gente que vive lejos, ni...

—¿Cuándo ha dado la orden de busca y captura?

—Hace una hora. Y la ha repetido hace veinte minutos.

Eso era mucho. Me la iba a ganar. Despedirme, no podía despedirme, pero casi.

Ni siquiera fui a mi mesa. Tampoco tenía nada para dejar en ella. Mientras caminaba en dirección al Sacrosanto Templo Central de la casa, le dejé el disquete con el artículo a Mariano, el Hombre Para Todo. No tuve que decirle nada. Ya lo tenía metido en el ordenador antes de que yo diera tres pasos más.

Llamé a la puerta del despacho de mi madre y, tras abrirla, metí la cabeza, sin esperar una respuesta procedente del interior. Ahí sí tengo privilegios. Una vez, al morir mi padre, ella me dijo: «Mi puerta estará siempre abierta para ti, hijo. Recuerda que soy tu madre». Y nunca lo he olvidado.

Estaba de pie, apoyada sobre la pantalla luminosa, examinando unas diapositivas con su buen ojo profesional. Ya sabía que era yo, porque no se movió. Me aproximé a ella. Las diapositivas eran del último premio Nobel de Literatura en su casa.

Desde luego, en *Zonas Interiores* no somos nada convencionales.

—Hola, mamá —suspiré, como si acabase de salir de un atasco de mil demonios—. Siento...

Levantó una mano. Señal inequívoca de: «No-me-cuen-tes-ro-llos-que-me-los-sé-to-dos». Me cortó en seco.

De todas formas, me di cuenta de que no estaba enfadada, solo ansiosa.

Y cuando mi madre se pone ansiosa, es por algo de trabajo. Y si me afecta a mí, es que voy a tenerlo, y en serio. Muy en serio.

—¿Te gusta esta?

El Premio Nobel de Literatura estaba sentado en una butaca, con una cara de úlcera sangrante total. Me pregunté por qué no se lo daban a gente más simpática. Y también por qué no estaban ellos más contentos después del Nobel. Aunque aquel hombre, los millones, ya no iba a poder gastárselos, seguro. Así que a lo mejor estaba con esa cara por ese detalle. Me habría gustado ver la de sus hijos, hijas, nietos, nietas...

—No irá en portada, ¿verdad?

—¿Estás loco?

Nuestra revista es de actualidad, y seria, pero en portada tratamos de poner cosas con gancho.

—Entonces, sí. Está bien.

Dejó la diapositiva a un lado, apagó la luz de la pantalla, recogió su bastón, apoyado en la pared de la derecha, y cubrió la breve distancia que la separaba de su mesa, como siempre atiborrada de papeles. Mi madre tiene cincuenta años, exactamente el doble que yo, pero la cojera no guarda relación alguna con la edad. La pierna derecha le quedó casi destrozada en el mismo accidente de coche en el que perdió la vida mi padre.

Esperé a que se sentara en su butaca.

Lo hizo, se apoyó en el respaldo, juntó las yemas de sus dedos y me miró a los ojos.

—¿Recuerdas a Vania?

Así que era eso.

—Claro, ¿cómo no voy a acordarme de ella? Creo que no saqué su póster de mi habitación hasta hace tres o cuatro años.

—Lo recuerdo —asintió con la cabeza sonriendo, evocando el último tiempo en el que, como un buen hijo no emancipado, aún viví con ella.

—No me digas que ha reaparecido.

—No, y de eso se trata —dijo Paula Montornés, recuperando todo su carácter de directora—. Dentro de un par de meses hará diez años que desapareció sin dejar rastro. Diez años ya. Es un buen momento para desenterrar el tema, investigarlo, y publicar un artículo, de ella como *pièce de résistance*, pero también de las otras dos.

Me senté en una de las sillas, al otro lado de la mesa.

—Puede ser caro —tanteé.

—Pagamos cinco millones hace un mes por lo de Alec Blunt, y a una agencia. Esto nos haría vender más, y solo por derechos internacionales, si la cosa resulta... ¿Te imaginas que, encima, dieras con ella? Nos lo quitarían de las manos. *Paris Match, The Sun, Der Spiegel, Times...* Olvídate del dinero.

No siempre decía eso.

—¿Y si han tenido la misma idea?

—Sería posible. Ya sabes que creo en la energía —movió los dedos como si tuviera delante una nube invisible—. Por eso hay que moverse ya mismo y no esperar. Aunque solo sea para escribir un buen artículo, ya valdrá la pena. Los personajes del drama, diez años después. Pero algo me dice que vas a encontrarte con sorpresas.

—Dios. —Yo también me apoyé en mi silla—. Las Wire-girls, las Chicas de Alambre. Vania, Jess y Cyrille. ¿Crees que la gente aún se acuerda de ellas?

—Vamos, ¿qué dices? Fueron una leyenda en su momento.

—Sí, pero una leyenda efímera, como todo en el mundo de la moda.

—Todas las leyendas viven y sobreviven, Jonatan.

Era la única que aún me llamaba Jonatan y no Jon.

—¿Qué quieres que haga exactamente?

—Que hables con la gente que las conoció y que indagues lo que pasó con Vania. Puede que esté muerta, puede que no. Pero diez años después... ¿lo entiendes, no? Se publicó mucho del tema entonces, y algunas personas no quisieron hablar mientras que otras hablaron demasiado. Ahora tal vez sea diferente. El tiempo te da una perspectiva distinta de las cosas.

—Vania era española, pero Jess era americana y Cyrille egipcio-somalí, parisina...

—¿Tienes algo que hacer las próximas dos semanas, un plan, un ligue? —abrió sus manos explícitamente—. Porque si es así, se lo encargo a otro.

—¡No, no! —salté de inmediato—. No te hacía más que una observación.

—Jonatan —se acodó en la mesa, señal de que atacaba de firme—. Esto puede ser muy bueno. Ya conoces mi instinto. Con él y un buen trabajo de investigación, de esos que sueles hacer de tarde en tarde —me pinchó deliberadamente—, esto será una bomba. Y te lo repito: no te digo nada si encima la encuentras.

—¿Tú crees que...?

—Oye: Vania se largó, dijo «adiós» y desapareció. Ha de estar en alguna parte.

—Si no la encontraron entonces.

—Entonces fue entonces. Si no quería ser encontrada, nadie iba a encontrarla, como así fue y por inexplicable que resultase. Pero ahora han pasado diez años. En primer lugar, estará relajada, no en tensión esperando que un *paparazzi* dé con ella. Y en segundo lugar, ya no será aquella chica mágica que deslumbró al mundo. Quién sabe. Todo es posible. Pero me huelo algo bueno, hijo. Y cuando yo...

—Sí, mamá, lo sé.

—Tú también lo tienes, Jonatan —me dijo, con algo más que cariño profesional, aunque lo disimuló agregando—: Por eso estás aquí. ¿O pensabas que era por ser hijo de la jefa?

—He tenido algunas exclusivas de primera, ¿no? —le recordé.

Paula Montornés, editora, propietaria y directora de *Zonas Interiores*, se convirtió de nuevo en mi madre.

—Has salido a tu padre —reconoció con ternura.

Era el momento. Me puse en pie, rodeé la mesa y la abracé sin que ella se levantara de su butaca. A veces olvidaba hacerlo. Y ella no me lo pedía jamás, aunque yo sabía que lo necesitaba. Fueron apenas unos segundos de directa intimidad. Después la besé en la cabeza, por entre su siempre alborotada melena, e inicié la retirada.

—No subas nunca a un avión que se vaya a caer, hijo —me recordó.

—Descuida, mamá.

Le eché un último vistazo. Sentada allí era una diosa, la dueña de un pequeño, muy pequeño reino, pero diosa a fin de cuentas, con un prestigio ganado a pulso. Los premios que llenaban aquellas paredes, algunos de mi padre, pero la mayoría de ella, no eran gratuitos. El World Press Photo, el Pulitzer de Fotografía, reconocimientos profesionales, periodísticos, portadas de las mejores exclusivas dadas por *Z.I.*, Fotografías de papá, pero más aún de mamá con diversas personalidades y en muchas partes distintas del planeta... Antes del accidente era la mejor. Y ahora también.

Yo estaba en ello.

Tenía una buena maestra.

Y un trabajo por hacer que ya me picoteaba en los dedos desde aquel mismo instante.

2

¿Quién tiene la oportunidad de buscar a la chica que le hizo soñar durante la primera adolescencia, y encima que le paguen por ello?

Amo mi trabajo. Creo que es el mejor de cuantos hay. Te permite viajar, conocer gente, escribir acerca de muchas cosas, fotografiar la vida —y a veces la muerte— y, en general, percibir de una forma distinta el mundo, así que también lo entiendes un poco mejor. Para muchas personas, no saber dónde vas a estar mañana es un conflicto, una suerte de caos mental. Para mí, no. Es parte del sabor, parte de la emoción. Claro que no puedes quedar con una chica a tres días vista, pero... Tampoco es tan grave.

El planeta Tierra es excepcional.

Me llevé de la redacción todo lo que encontré de las Wire-girls, las Chicas de Alambre, juntas y por separado. Era mucho, pero no me importó. Pasé la mañana haciendo una primera selección de material, desechando lo conocido o lo tópico, y el resto, a casa. Mientras veía aquellas fotografías de Vania, de Jess Hunt y de Cyrille, por mi cabeza pasaron muchas cosas. Sí, suelo involucrarme en los trabajos, lo sé. Aún no había empezado y ya me sentía involucrado en este.

Miré la portada que las llevó a la fama y a compartir no solo amistad, sino el nombre con el que empezó a conocérselas debido a su extrema delgadez. Ahí estaban las tres, en *Sports Illustrated*, con aquellos trajes de baño tan sexis, y ellas tan jóvenes, tan hermosas, tan distintas. Una morena, una rubia y una negra. Integración en los comienzos de la «Era del Mestizaje». Aparecer en la portada de *Sports Illustrated* es consagrarse en el mundo de las *top models*. Aquel año se consagraron tres. Vania, con su largo cabello negro, sus ojos grises, profundos, dulcemente tristes siempre, la nariz recta y afilada, el mentón redondo, los labios carnosos, su imagen de perenne inocencia juvenil que tantos estragos había causado entre sus fans y admiradores. Jess Hunt, rubia como el trigo, cabello aún más largo y rizado con profusión, ojos verdes, siempre sonriente, chispeante, con su enorme boca abierta y sus dientes blancos como una de sus muestras de identidad, mandíbulas firmes, frente y pómulos perfectos. Y Cyrille, negra y de piel brillante como el azabache, cabello corto, ojos de tigresa oscuros y misteriosos, boca pequeña, labios rojos de fresa, rostro cincelado por un Miguel Ángel africano capaz de consumar una obra maestra. Y, por supuesto, lo más característico de las tres: su estatura, metro ochenta, su tipo moldeado por una naturaleza milimétrica... y su extrema delgadez.

Sobre todo, ella.

La delgadez que las llevó primero al éxito, que incluso les dio un nombre, y que, finalmente, las acabó matando.

Las Chicas de Alambre.

Rotas.

Conocía los datos, pero los detalles se me habían hecho borrosos en la mente por el paso de los años; así que en casa estuve hasta pasadas las dos de la madrugada leyendo y rememorando todo aquello. Investigar sobre Vania era hacerlo sobre las tres. Su destino también fue común. Asombrosamente común.

Cyrille se llamaba en realidad Narim Wirmeyd. Había nacido en El Cairo, Egipto, pero era hija de somalíes. Su historia era una mezcla de cuento espantoso extraído del reverso de *Las mil y una noches*. Su padre la vendió a un traficante de camellos después de regresar a Somalia, cuando tenía doce años. El traficante, de sesenta, no pudo con los deseos de libertad de su joven pupila, o lo que fuese, así que ella se le escapó a los pocos meses, ya con trece años. La publicidad posterior, cuando llegó el éxito, había «engordado» convenientemente la odisea de la niña, ya de por sí especial y dramática; pero la realidad era mucho más simple. Narim escapó de su «dueño», pasó la frontera, llegó a Etiopía... Allí logró despertar el interés de un hombre de negocios británico, que la empleó en su casa, y al año, un amigo de este, un francés, se la llevó a París. Con quince años y caminando por los Campos Elíseos, Jean Claude Pleyel, cazatalentos y dueño de una de las mejores agencias de Francia, supo ver en ella lo que muy poco después verían millones de ojos en el mundo:

que era especial, capaz de enamorar a la cámara y de vender lo que se pusiera encima, ya fuera ropa o un perfume. Así nació Cyrille, su nombre artístico.

Jess Hunt era el reverso de la moneda. Estadounidense, nacida en Toledo, Ohio, familia de clase media, respetable, religiosa en grado superlativo, y convertida en una pequeña reina de la belleza desde la infancia. Su madre le dijo una vez: «Dios te hizo hermosa para algo; de lo contrario te habría hecho como a cualquier otra mujer. Haz, pues, que el Señor se sienta orgulloso de ti». Eso había sido el detonante. Después llegó lo de Miss Ohio, además de otras muchas cosas siempre relacionadas con la belleza. Jess hizo una rápida y meteórica carrera. Fue la que lo tuvo más fácil de las tres. Incluso utilizaba su verdadero nombre.

Y, por último, Vania, es decir, Vanessa Molins Cadafalch, nacida en Barcelona, España, hija natural de una mujer llena de voluntad y decisión que fue siempre el ángel tutelar de su carrera hasta que el éxito le dio alas y la independencia. El padre, casado, por lo menos la reconoció; pero eso fue todo. Más tarde, la madre murió de un cáncer de pecho. Su única familia, al margen del padre que no volvió a ver, era una tía soltera, hermana de su madre, que nunca quiso figurar en los periódicos. Al contrario que Cyrille y que Jess, a Vania no la descubrió ningún cazatalentos paseando por el Paseo de Gracia de Barcelona, ni fue Miss Nada. Por voluntad propia, porque quería ser modelo, se matriculó en una agencia para aprender siendo una niña, y pasó por todos los grados de la servidumbre antes de dar el salto. Interinamente, sin embargo, quien sí la descubrió fue el fotógrafo que a los trece años le hizo su primera sesión «como mujer» y le vaticinó el futuro. Vania creyó en él además de en sí misma.

Cuatro años después, las tres, con apenas diecisiete o dieciocho años, fueron reclutadas para aquella portada de *Sports Illustrated*. La Agencia Pleyel de París las llevaba. En unos días, el mundo ya las había bautizado con aquel nombre, Wire-girls, debido a su delgadez paradigmática. Su cotización se disparó. Juntas fueron el modelo de miles de chicas, tan anoréxicas como ellas por degeneración. Juntas crearon un estilo por encima de los estilos que ya propugnaban la delgadez física, y juntas sucumbieron en unos pocos años.

Cyrille fue la primera en morir, se suicidó al saber que tenía el sida. Se había escrito mucho acerca del porqué de su decisión, pero parecía obvio que una de las mujeres más bellas del mundo no quería ver su decrepitud física. Lo de Jess fue más complicado. Primero, el escándalo originado al saberse que había abortado. Segundo, su propia muerte, a los escasos meses de la de Cyrille, causada por una sobredosis de drogas. Tercero, el asesinato del hombre que la introdujo en el mundo de las drogas, el mismo Jean Claude Pleyel, que desde París las llevaba a las tres en exclusiva. El autor del crimen había sido Nicky Harvey, el apasionado y loco novio de Jess, vengador implacable de la suerte de su amada. El juicio por el crimen acabó de empañar la historia de la dulce, rubia y virginal

Jess Hunt. Imagen perfecta de la América sana y maravillosa que preconizaban los propios estadounidenses.

Por último, estaba Vania.

Después de andar con un noviete a los dieciséis años, noviete que por supuesto salió a la luz más tarde para sacar tajada del tema, a los diecisiete le había llegado el éxito internacional por aquella portada. A partir de ese instante lo rentabilizó al máximo. A los veinte fue muy sonado su idilio con un famoso cantante roquero español. La Bella y la Bestia. Y a los veintitrés, su boda inesperada con un marchante de arte neoyorquino, seguida de un divorcio rápido; todo ello en plena cumbre profesional. Un año después todo se torció definitivamente. La muerte de Cyrille, la muerte de Jess, el juicio del novio de Jess en el que ella tuvo que testificar, y el adiós.

Tenía veinticinco años.

La misma edad que yo en este momento.

Veinticinco años y dijo adiós, lo dejó todo. La desaparición más inesperada. Su última pista provenía de una clínica en la que Vania intentó recuperarse de su anorexia, casi al límite.

Viendo aquellas fotos, especialmente las de Vania, supe que no iba a ser un trabajo fácil. Era como si a un beatlemaníaco le hubiesen encargado buscar a John Lennon vivo. Vania había sido una musa, una imagen de marca, un espejo, un símbolo; muchas cosas además de una muñeca rota. El mundo de la moda las olvidó rápido, a las tres. Cada año surgían nuevos rostros, nuevas historias, y las pasarelas encumbraban a media docena de nuevas diosas de la imagen, con sus nuevas estéticas y sus nuevas formas. La palabra clave era esa: *nuevo*. Joven y nuevo. Brillante y nuevo. Velocidad.

Sin embargo, la fascinación que las Chicas de Alambre ejercieron sobre las adolescentes de aquel tiempo creo que aún no había sido superada. Pese a su aspecto enfermizo por culpa de las drogas y la anorexia, las auténticas lacras de ese mundillo tan duro, habían sido amadas, deseadas, utilizadas.

Un modelo a seguir.

Casi parecía un chiste, el peor de los contrasentidos. Un modelo a seguir y su fin había sido tan triste como...

¿Dónde estaría Vania?

¿Por qué, en diez años, aquel silencio devorador?

¿Y si, a fin de cuentas, estaba muerta?

No sabía por dónde empezar, pero no me traumaticé por ello. No era la primera vez que debería hacer de detective privado siguiendo una pista, buscando un dato o guiándome por entre vericuetos impensables, con el objeto de dar con lo que necesitaba para un reportaje. Y tampoco sería la última.

Dije lo mismo que Escarlata O'Hara en la escena final de *Lo que el viento se llevó*:

—Mañana será otro día.

Y me acosté con la cabeza llena de Cyrille, de Jess y de Vania.

Sobre todo de Vania.

3

24   La mayoría de los personajes de la historia vivían fuera, en París, Los Ángeles, San Francisco, Nueva York o Madrid, así que pensé que lo más lógico era comenzar por lo más cercano.

Y nadie más cercano a Vania que su única familia, su tía, la hermana de su difunta madre.

Volví a levantarme tarde, a las diez, pero esta vez no tenía que ir a la redacción, así que podía permitírmelo. Me encanta amanecer a mi aire, sin el maldito despertador dándome el susto habitual. Pude desperezarme, hacer un poco de gimnasia para estar en forma, ducharme, afeitarme y desayunar. Cuando salí ya tenía las primeras direcciones. Nuestros servicios de información y documentación funcionaban bien. Es decir: Carmina funcionaba bien. Era lo mejor de *Z.I.* Me habría casado con ella de no ser porque los prefería mayores y tenía diez años más que yo.

Esta vez me llevé el coche, por si acaso. Uno nunca sabe a quién puede llevar a alguna parte mientras le sonsaca información.

Luisa Cadafalch era una anciana prematura de sesenta y cinco años. Digo *prematura* porque nada más verla supe que siempre había sido así, una mujer solitaria y con un poso de amargura albergado casi como marca de nacimiento en sus genes y en sus raíces. Era alta, seca, de tono adusto y mirada firme, grave, tan grave como su austera ropa, negra de arriba abajo. Yo no la había llamado por teléfono para quedar. Por lo que se decía de ella en los artículos de hacía una década, no me habría recibido ni anunciándole que era la ganadora de un concurso sorpresa de la tele. Así que mi única opción era presentarme en su casa y probar. Mi madre opina que «me hago querer» por las mujeres, que la mayoría «quiere adoptarme» nada más verme, porque les despierto de forma fulminante su «instinto maternal». ¿Y quién soy yo para discutir algo tan peculiar con mamá? Ella sabe más que yo de estas cosas.

Aunque a Luisa Cadafalch no la habría seducido ni Paul Newman, mayor que ella pero aún apetecible según la mayoría.

Me observó con disgusto. Me acababa de colar en el edificio, aprovechando la entrada de una vecina, así que ya estaba en su rellano, superado el posible detalle de que no quisiera abrirme la puerta de la calle si le decía que era de la prensa. Era lista. Supo al momento la causa de que yo estuviese allí. ¿Para qué, si no, iba a querer verla un miembro del «Cuarto Poder»?

—Oiga, lo siento, pero no tengo nada que decir —objetó, sin ocultar su disgusto.

—Señora, sé que han pasado diez años, pero... No hago más que cumplir órdenes. No soy un *paparazzi*, se lo aseguro. Solo trato de...

Le mostré mis manos limpias de sangre. Ni una cámara. Eso la tranquilizó, a pesar de lo cual, no se movió de la entrada.

—¿Van a remover de nuevo todo aquello?

—Pronto hará diez años, comprenda.

—No, no lo comprendo —negó con la cabeza—. Entonces fue muy triste, y ahora me parece carroñero. Mi sobrina está muerta, ¿entiende?

—¿Cómo dice?

—Muerta, sí —insistió—. Tiene que estarlo. Nadie desaparece sin dejar rastro. Y han pasado diez años. Eso es mucho tiempo. ¿No cree que si estuviese viva, yo lo sabría?

—Por tanto, no le importará que hablemos...

Suspiró. Parecía agotada, y aún no habíamos empezado en serio.

—¿Qué quiere? —mostró un pequeño asomo de vulnerabilidad.

—Hablar con usted. Solo cinco minutos. No es demasiado.

—¿Para que luego escriba cualquier porquería sobre Vanessa?

—Si he aceptado este encargo es, precisamente, porque yo la adoraba, señora. Quiero hablar de su lado humano, de la persona que había en ella, debajo de lo demás.

Me miró como si eso cambiara algo las cosas. Y por lo menos a ella le cambió la cara. De fiera a resignada. O bien pudiera ser que mi madre tuviera más razón que una santa, y que siempre conseguía ablandarlas. Hasta a las más duras.

—Pase —se rindió.

Lo hice, por si cambiaba de opinión. Cerró la puerta y luego me precedió por un pasillo largo y tenebroso que fue haciéndose más claro hacia el final. La sala, que daba a una galería, era mucho más agradable. Antigua y señorial, pero agradable, no cargada de pasado. Todo estaba muy limpio, ordenado, en su sitio. Aquí paz y luego gloria. Esperé a que me indicara dónde sentarme y lo hice. Nada de butacas o el sofá. Una silla, dura y espartana. No saqué ningún bloc, para no impresionarla ni molestarla. En cuanto a mi credencial de periodista y la de Z.I., ya las había guardado tras habérselas mostrado.

—¿Quiere beber algo?

—No, gracias. Se lo agradezco.

—Bueno —se cruzó de brazos—. Sabía que tarde o temprano volverían y no me dejarían en paz. Espero que usted sea el primero y el último.

Yo también lo esperaba.

Traté de no ir directo a lo más importante, lo que me acababa de decir acerca de que tenía que estar muerta. Opté por un pequeño rodeo discrecional.

—Señora Cadafalch, ¿cómo la recuerda?

—¿Que cómo la recuerdo? —Su cara se revistió de abstracciones—. Pues como una chica que lo tuvo todo y no se dio cuenta de ello. Le sucedió demasiado pronto. La belleza no siempre es llevadera, aunque nunca entendí por qué causaron tanta conmoción, ella y sus amigas, con lo delgadas que estaban. A veces pienso que fue una maldición. Mi hermana pequeña también era muy hermosa.

—¿Por qué no estuvieron más unidas? —hice la primera pregunta delicada tal vez de una forma demasiado prematura.

—Cuando Mercedes, la madre de Vanessa, quedó en estado, fue muy duro. Ella misma se apartó de la familia, por vergüenza, y porque, pese a todo, quería a aquel hijo de... —se comió la expresión—. Yo supe que salía con un hombre casado cuando ya era tarde. Después, optó por ser valiente, salir adelante por sí sola. Nos distanciamos. Vanessa creció únicamente con su madre; yo la veía muy poco, y cuando Mercedes murió y mi sobrina se quedó sola...

—Ya era famosa.

—Sí.

—No necesitaba a nadie.

—Eso debió de creer, aunque yo la habría ayudado, ¿sabe?

Supuse que era cierto, pero no me imaginé a Vania viviendo con su tía o dejando que su tía se convirtiera en su consejera, amiga, hada madrina...

—¿Eran amigas?

—Sí —dijo, segura de su respuesta—. Pero creo que yo le recordaba el pasado. Vanessa me quería. Lo sé. Pero confiar, solo confiaba en su criada. Bueno, ella decía que era más bien su «chica-para-todo», secretaria, asistente, protectora... Yo no sé de dónde la sacó. Era mulata, suramericana o algo así. Esa mujer la cuidaba, la protegía, la mimaba.

—¿Sabe cómo se llamaba?

—No.

—¿Y dónde puede estar ahora?

—Tampoco. Me parece que, cuando Vanessa se casó con aquel impresentable, ella se fue. Pero no estoy segura. De cualquier forma, y dijera lo que dijera mi sobrina, era la criada y punto. Le tomó cariño y confianza, pero...

—¿Sabe si Vania, perdón, sabe si Vanessa —me costaba no llamarla por su nombre artístico y profesional— tuvo contactos con su padre al morir su madre?

—Lo dudo. Valiente cretino. Nunca he sabido nada de él, salvo que se llamaba Vicente Molins y que vivía en Madrid, aunque parece que se pasaba mucho tiempo fuera de casa.

Tenía los datos del padre de Vania, así que no seguí por ahí. A Luisa Cadafalch le molestaba hablar de él. Tampoco yo estaba muy seguro de lo que aguantaría el interrogatorio.

—¿Qué recuerda de la marcha de Vanessa?

—Pues no demasiado. Yo no estaba ahí, así que... —puso cara de resignación—. Después del juicio por el asesinato de aquel hombre, estuvo en una clínica para combatir su anorexia antes de que fuera tarde, y tras eso... hizo las maletas y se fue. Estaba harta. Harta de todo, como ya se dijo entonces. Me llamó, me dijo que estaría mucho tiempo fuera y eso fue todo. Le pregunté adónde iba y me dijo que aún no lo sabía, pero que necesitaba descansar y reflexionar. La noté muy cansada, agotada. De pronto un día me llamaron a mí, por ser su único familiar legal ya que su padre no contaba, y me dijeron que tenía que recoger las cosas que ella había dejado en su piso. Era de alquiler y el contrato había vencido. Nunca quiso tener nada suyo, eso sí lo sé. Decía que todo era efímero, así que... metía el dinero que ganaba en un banco y punto.

—¿Cuánto tiempo había pasado desde su marcha hasta que la llamaron por lo del piso?

—Dos años. Ella dejó pagado el alquiler de ese tiempo mediante una cuenta en un banco. Ni envió más dinero, ni se puso en contacto con los administradores para una renovación, ni hizo nada de nada. Como no se sabía dónde localizarla, me avisaron a mí. Tampoco es que hubiera gran cosa en ese piso. Conservé un par de cajas con fotografías familiares que guardé, y el resto lo di para la beneficencia, aunque, como ya le digo, no era mucho. Su ropa, sus objetos más personales, se los llevó con ella.

—Sin embargo, si pagó el alquiler del piso, es que pensaba volver.

—Cierto.

—¿Por eso piensa usted que está muerta?

—¿Qué otra cosa si no?

—Puede estar en cualquier parte, lejos de todo.

—¿Y la fama? —lo dijo como si eso fuera terminante—. Vanessa se hizo famosa. Era famosa. A veces las estrellas, del tipo que sean, se cansan de su fama; pero tarde o temprano todas vuelven a ella.

—Algunas no. Recuerde a Greta Garbo.

—Oh, sí, bueno... Casos aislados.

—Pudo serlo ella.

Notó que estaba de parte de Vania. Lo vio en mis ojos. Eso la relajó un poco más. A veces, por debajo de su costra, asomaba la humanidad de una mujer hablando de su única sobrina, la inesperada *top model* producto de una locura de su madre.

—Pienso que si Vanessa hubiera muerto, se habría sabido, y a usted se lo habrían notificado —insistí.

—Yo pienso que si viviera, diez años es mucho tiempo para no ponerse en contacto con su única familia.

Estábamos empatados.

Y no solo eso: mi primera y mejor pista para saber la verdad no había dado resultado.

La pregunta era: si Vania aún vivía, ¿quién podía saberlo?

4

32　Estaba empezando a llover cuando aparqué el coche a menos de veinte metros del edificio donde Carlos Sanromán aún tenía su estudio de fotografía. Hacía veintidós años que allí mismo una adolescente Vanessa Molins Cadafalch comenzó a transformarse en Vania, la *top model*. Una portera de las de antes, rolliza y majestuosa, me preguntó cuál era mi destino, aunque por mi aspecto ya sabía más o menos que iba al estudio fotográfico. Se lo confirmé y eso fue todo. El ascensor me dejó en el ático.

Sabía que muchas de las personas a las que quería entrevistar no aportarían nada o casi nada a la historia, y mucho menos me darían una idea del posible paradero de Vania. Pero eran necesarias para el reportaje, indistintamente de que al final localizara mi objetivo. El tiempo siempre suele dar una perspectiva distinta de las cosas, hace que los involucrados se calmen y, al girar la vista atrás, sean incluso más libres, ecuánimes. El fotógrafo que le hizo aquella primera gran sesión y las fotos que le abrieron camino, el noviete de los dieciséis años, su padre..., todos eran ingredientes superfluos en la parte final de la historia, la desaparición de Vania, pero esenciales en un reportaje que hablara de ella desde el punto de vista de su vida, su carrera, su persona.

Y de todas formas... quién sabe. Si no fuera optimista no me dedicaría a esto. Sería entrenador de fútbol.

Carlos Sanromán rondaba los sesenta años, y me abrió la puerta armado de una espectacular Nikon de las de antes. Todo el ático era su estudio, luminoso y abierto, espacioso y sin nada que impidiera hacer fotos desde cualquier parte. Por detrás de él vi a una modelo estirándose y aprovechando el breve descanso que mi llamada le proporcionaba. Estaba de pie, delante de un fondo de color rojo brillante, sin nada más. Debían de preparar una colección de trajes de baño, porque llevaba uno de una sola pieza, extremadamente ceñido. Tuve que concentrarme en el fotógrafo.

—Hola, me llamo Jon Boix. Me gustaría hablar con usted cinco minutos.

—Ahora tengo una sesión, chico. —¿Por qué la gente mayor se empeña en llamar «chico» a los que tienen menos de treinta años?—. Me temo que... —se detuvo de pronto y frunció el ceño—. ¿Boix?

Mi apellido no era nada común. Y a veces hay quien tiene memoria y todo.

—Soy hijo de Paula Montornés y Jaime Boix.

—¡Pero bueno! —le cambió la expresión.

—Es importante —aproveché para acabar de concretar la cosa.

—Pasa, hombre, pasa —se apartó—. Acabo en quince o veinte minutos —hizo un gesto significativo y agregó—: Primero he de acabar la sesión, ya sabes que esas cuestan dinero.

«Esa» era la modelo, que ahora estaba cruzada de brazos esperando con cara de aburrida.

Entré. Sabía por experiencia que cuando un fotógrafo está en plena sesión no le gusta tener público, y lo mismo podía decirse de las modelos. Suelen estar hartas de mirones a los que se les cae la baba. De cualquier forma, la de Carlos Sanromán no era precisamente una *top*, se notaba. Había decenas como ella, todas aspirantes a la gloria, aunque por el momento se conformasen con arañarle un poco a la vida.

—¿Dónde puedo...?

—Mira, me esperas aquí. No tardo.

Abrió una puerta que daba a una especie de vestidor. Dentro estaban los trajes de baño que se había puesto o debía ponerse la modelo, y también su ropa. El conjunto hacía las veces de sala de estar, salón de maquillaje —porque había un gran espejo lleno de luces y, por supuesto, vestidor.

Yo lancé entonces una última mirada a la chica. Era preciosa.

—Oye —me miró de hito en hito, antes de retirarse para aprovechar el tiempo que pagaba a precio de oro—, ¿de qué quieres hablarme?

—De Vania.

—Oh.

Abrió los ojos, asintió con la cabeza y eso fue todo. Se retiró.

No fueron veinte minutos, sino treinta, pero tampoco los pasé encerrado en la salita. Dos veces se abrió la puerta y entró la modelo, para cambiarse.

—¿Te importa?

—No, no.

Esperé fuera, pero sin hablar. Carlos Sanromán cambiaba las luces, movía los paraguas, subía el fondo de color rojo y desenrollaba otro de color verde. A un lado de la amplia estancia-estudio vi un sinfín de objetos de atrezo, sillas, butacas, columnas, sombreros, pieles, motivos ornamentales diversos. Las fotografías siempre eran pequeños espacios acotados en los que todo estaba en su sitio, igual que en las películas. Pero fuera de cámara el mundo cambiaba, se hacía caótico.

Ella salió la primera vez con un biquini muy sucinto, de color naranja. La segunda lo hizo con otro traje de baño de una sola pieza, negro. En las dos ocasiones nos miramos. Yo con interés. Ella sin excesiva pasión. Para una modelo, ser atractivo no basta, así que yo debía de ser del montón para ella, aunque no se tratase de una famosa *top*.

Estaba lloviendo fuerte.

Treinta minutos después de mi llegada, y con las últimas fotos hechas, la chica regresó al vestidor y yo salí para hablar con Carlos Sanromán. Ella parecía cansada.

—Bien, bien, bien... —El fotógrafo me pasó una mano por los hombros—. Así que vais a remover el tema, ¿eh?

—Hace diez años que Vania desapareció.

—¿Diez ya? —silbó—. ¿Quieres sentarte?

No había dónde, como no fuéramos a la zona de atrezo a rescatar un par de sillas. Le dije que no y nos acercamos al ventanal.

—¿Cómo está tu madre?

—Muy bien.

—Bueno, la revista ya la veo, por supuesto. Cada semana. Es de lo poco inteligente que se hace ahora mismo en este país. Lo justo de sensacionalismo, lo justo de verdad, lo justo de imagen, lo justo de texto.

Si mi madre le oyera decir que en *Zonas Interiores* había «lo justo de sensacionalismo», le daba un síncope. Se preciaba de hacer la única revista sin el morbo del sensacionalismo, o sea, sin nada «amarillo» en sus páginas, de la prensa libre española.

—Pues... tú dirás —me invitó a preguntarle.

—Quiero hacer una retrospectiva, hablar de ella y también de Jess y Cyrille. Pero no solo eso. También nos preguntamos dónde puede estar Vania.

—¿Tú solo? A veces yo me hago la misma pregunta. Ha desaparecido de la faz de la tierra, y eso es algo insólito.

—Nadie desaparece sin dejar rastro —argüí.

—Pues ella lo hizo, mira. Lo suyo fue... —reflexionó de nuevo en torno a lo del tiempo—. ¡Diez años ya! ¡Es increíble!

Carlos Sanromán tampoco tenía ninguna pista de su paradero, era obvio.

—¿Cómo debe de ser ahora? —le pregunté.

—¡Uf! —ladeó la cabeza, como si imaginárselo le costara un gran esfuerzo—. La anorexia casi la mató, debes saberlo, pero aun con ella... era preciosa, única. Ahora tendría treinta y cinco años, así que... La plenitud, chico. La plenitud. Toda una mujer.

Se me puso un nudo en la garganta. A veces pienso que las cosas hermosas deberían existir eternamente.

—¿Siempre fue anoréxica?

—No, qué va. Al comienzo era una chica normal, alta y delgada, por supuesto, pero normal. Lo de pasarse, porque se pasó, fue a partir de los quince o dieciséis. En aquellos días el culto al esqueleto más que a la forma femenina se hizo religión oficial. Los modistos las querían sin nada, sin pecho, sin caderas, casi sin rostro, aunque parezca un contrasentido, andróginas, para poder moldearlas a su antojo con cada colección y cada pase. Puro *cool*, frialdad. Pero, claro, no todas servían. No bastaba con estar delgadas. La magia de esas chicas reside en lo que desprenden, lo que emanan. Es como un aroma visual que las distingue. Y eso, o se tiene o no se tiene. Esa es también la diferencia entre una modelo normal y una *top*. Cindy Crawford no estaba precisamente superdelgada. Estaba bien. Vania, Jess, Cyrille pertenecían al tipo de Stella Tennant, Trish Giff, Kate Moss... Bueno, ya sabes, ellas fueron el símbolo y por eso las bautizaron como Wire-girls.

—¿Qué sensaciones tiene de aquellos días, la primera vez que la vio, lo que sucedió con sus fotos...?

—¿Qué puedo decirte? —sonrió melancólico—. Hay cosas que pasan una o dos veces en la vida, a lo sumo. El tipo que descubrió a Rita Hayworth, el que le hizo aquellos desnudos a Marilyn Monroe... Siempre he fotografiado chicas —señaló la puerta tras la cual debía de estarse cambiando la modelo—. Todas han sido hermosas, o han tenido algo especial... De lo contrario, no servirían para eso; pero cuando vi a Vania a través del visor de la cámara... Estaba ahí, ¿entiendes? Se puede estudiar para ser modelo, sí, pero nadie puede enseñarte a mirar a una cámara. Esa mirada lo es todo. Y en su caso toda ella se salía, atravesaba el espacio, se te metía dentro. ¡La misma cámara la quería, que es algo esencial! No solo eran aquellos ojos siempre tristes, su aspecto lánguido, su inocencia plagada de ternuras, también era el morbo que eso producía. Tenía trece años. ¡Trece años! Pero no me equivoqué. En cuatro años ya estaba arriba. Yo creo que Vania nació sin edad. Te podría decir la clásica frase de que era una mujer atrapada en un cuerpo de niña y bla, bla, bla, pero era más.

—¿La solía ver a menudo?

—Después de su salto, ya no. Soy un buen fotógrafo, me gano la vida, pero no era ni soy Richard Avedon. Ni siquiera Paula Montornés —sonrió—. Gané bastante con aquellas fotografías y otras que le hice antes de los diecisiete años, pero después de eso... Y no me quejo —movió la cabeza con tristeza—. No todo el mundo tropieza con algo así. ¿Sabes? No he vuelto a sentir lo mismo jamás. Una sola vez. Con ella. Todas son preciosas, todas hacen que los hombres las miren, y las deseen; pero solo hubo una Vania, como solo hubo una Jess Hunt, una Cyrille, una Linda Evangelista, una Naomi Campbell, una Cindy Crawford o una Claudia Schiffer —volvió a cambiar el gesto—. ¿Ves a la Schiffer? No es guapa. ¡Dios, no lo es! Pero sabe posar y brillar como una diosa. Pero es incluso fea, ¡de verdad!

La puerta de la salita-vestidor se abrió. La modelo, ya vestida de calle, con unos vaqueros, una blusa y una cazadora, mucho más normal y discreta pese a que a mí seguía pareciéndome una monada, ni siquiera se acercó a nosotros. Daba la impresión de ser muy seria, o andar preocupada con algo.

—Adiós —se despidió desde la puerta.

—Adiós, nena —se puso condescendiente el fotógrafo.

Desapareció, y yo continué hablando de lo divino y lo humano de aquellas niñas-diosas con Carlos Sanromán, escarbando en sus recuerdos por lo visto generosamente dotados en todo lo concerniente a Vania.

5

40   Cuando abandoné el estudio de Carlos Sanromán, algo menos de media hora después, todavía diluviaba y la modelo seguía abajo, en el portal. Sacaba la cabeza a la búsqueda de un taxi que no aparecía ni a tiros. La cortina de agua, primaveral, generosa y abundante, era capaz de empapar con solo dar una docena de pasos.

Me detuve a su lado porque yo tampoco llevaba paraguas, aunque con el coche tan cerca no me hacía falta.

—Hola —dije de forma afable.

Giró la cabeza, me reconoció y se quedó tal cual.

—Hola —me correspondió sin entusiasmo, más preocupada por la lluvia que por otra cosa.

—Tengo el coche ahí —me ofrecí—. ¿Quieres que te lleve a alguna parte?

Volvió a mirarme, con un poco más de interés, pero también con las dudas habituales. A una chica como ella debían de pegársele los tipos como lapas. De todas las edades.

—¿Eres modelo? —inquirió.

—¿Yo? —me sentí halagado—. No, no.

—Pero estás metido en el tinglado —continuó, tras echar un rápido vistazo a mi ropa y a mi forma de llevarla.

—¿Qué clase de tinglado?

—Pues... el tinglado —se encogió de hombros.

—Trabajo en *Zonas Interiores* —la informé.

Enarcó las cejas. Cuando recuperó su aspecto normal lo había dulcificado un poco. Me daba un margen de confianza.

—La verdad es que me harías un favor —reconoció—. No voy lejos, pero con lo que cae...

—¿Adónde vas?

—Tengo un *casting* en la Gran Vía con Rambla de Catalunya, y como llegue muy tarde...

Fotografías, algún pase de peinados, zapatos o moda, salir de extra en cualquier película o de azafata en cualquier programa estúpido de la tele... Supervivencia. No tuve que preguntarle más.

—De acuerdo. Tengo el coche ahí.

No se movió. Lo dicho: una docena de pasos y bastaban para calarse.

Capté su intención.

—No te preocupes. Voy, desaparco, paro aquí delante, te abro la puerta y te metes, ¿vale?

Logré hacerla sonreír.

—Vale —suspiró.

Soy amable con las chicas. Un defecto como otro cualquiera. Siempre he intentado tratarlas bien, aunque ellas me traten mal. Tal vez sea porque no las entiendo, porque crecí con una madre fuerte haciendo de padre, o porque soy un romántico. Me puede un rostro bello, o alguien del sexo opuesto con el suficiente carisma como para hacerme soñar, estremecer.

Salí del amparo del portal, caminé pegado a la pared con las llaves ya en la mano, me precipité sobre mi coche y me colé dentro. No fueron más allá de unos dos o tres segundos bajo el aguacero, y bastaron para que lo notara de arriba abajo. Luego cerré la puerta, puse el motor en marcha, desaparqué y rodé despacio hasta situarme delante de mi nueva amiga. Le abrí la puerta.

Se metió casi de cabeza en el coche.

Después cerró la puerta y agitó el cabello, para sacarse el agua de encima. Lo tenía muy negro, ensortijado, largo hasta la altura de los hombros. Sus ojos también eran negros, y sus labios, generosos, anchos. Tendría unos diecinueve años, veinte a lo sumo. Pero eso era ahora que la veía de cerca. De lejos, o maquillada, podía aparentar la edad que quisiera, treinta incluso. Y ya la había visto sin ropa, así que sabía que era sugestiva.

—Gracias —suspiró, una vez recompuesta su imagen.

—¿Cómo te llamas?

—Sofía.

—Sofía qué más.

—Solo Sofía.

Como Vania. Solo Vania. O Cyrille.

—Yo me llamo Jon Boix.

—¿John? —lo anglosajonizó.

—No. Jon. *Jota-o-ene*. De Jonatan.

Apareció un coche por detrás y me hizo señales con las luces, así que arranqué de nuevo dirigiéndome a mi destino como chófer suyo. Nada más salir a la avenida, nos metimos en medio del mogollón del tráfico.

—¡Maldita sea! —rezongó la modelo—. ¡Como no llegue antes de quince minutos!

—Llegarás.

Tenía que cumplir mi palabra, así que me esmeré en la conducción. De todas formas, tuve suerte. En primer lugar, paró de llover a los cinco minutos, casi de golpe. En segundo lugar, acerté al desviarme en busca de un camino más largo pero también menos conflictivo.

—¿Qué clase de coche es este? —preguntó, mirando mi dos-plazas con admiración.

—Un Triumph. Es un clásico.

—Ya, ya. —Su tono era evaluador—. Prefiero las motos, pero reconozco que no está mal.

—Tengo también una Harley.

Eso fue definitivo.

—Oye, ¿qué haces en *Zonas Interiores*?

—Reportajes y fotografías.

—¿*Freelance*?

—No, estoy fijo.

Tenía ganas de preguntarle cuánto tiempo hacía que se dedicaba a posar, pero me abstuve. Su edad real no se correspondía con la anímica. Daba la impresión de estar muy curtida, de ser muy adulta, o también de haberlo pasado mal. A los diecinueve o veinte años, muchas eran veteranas en un negocio que cada vez las exigía más jóvenes y las quemaba antes. Si no recordaba mal, las últimas ganadoras del concurso Elite Premier Look, certamen anual de nuevos rostros de la agencia Elite, una de las más importantes de Francia, tenían quince años: Yfke Sturm, Emina Blockstage, Sandra Wagner... A veces yo alucinaba. ¿Cómo se escogía a la mejor entre cien chicas verdaderamente excepcionales, bellísimas, llegadas de todo el mundo? ¿Por qué la afortunada vencía y se convertía en la nueva *top* del año, la promesa del futuro?

¿Era aquello de lo que había hablado Carlos Sanromán, ese algo indefinible que tiene una entre un millón, casi mágico, que te atrapa y te enamora, seas de donde seas, tengas la edad que tengas y hagas lo que hagas, mientras seas un ser humano con emociones? Trece, catorce, quince años. Con la edad de Sofía, una modelo ya sabía adónde podía llegar, qué podía esperar de la vida y de su carrera.

Muchas se prostituían antes.

No pudimos seguir hablando. Llegábamos ya a nuestro destino.

—No tengo nada que hacer —mentí de pronto—. ¿Quieres que te espere y luego tomamos algo?

Consideró mi oferta. Pero más debió de considerar el hecho de que yo fuese periodista y fotógrafo y trabajase en *Zonas Interiores,* para qué engañarme. Sus dudas mentales fueron escasas y las solventó con gran rapidez.

—De acuerdo.

Me metí en el *parking* directamente, y subimos a la carrera porque el tiempo ya se le había echado encima.

El *casting* se hacía en una agencia de reparto de una productora. Buscaban personal para una serie de televisión. Había que cubrir varias plazas de chicas de entre dieciocho y veintidós años, una secretaria, una estudiante, una hermana pequeña...

Quedamos en la puerta, pero no me conformé con esperar. Siempre podía sacar mi credencial de periodista si alguien me preguntaba. Pero no me preguntaron. Por allí iban tan de cráneo como nosotros en día de cierre. Por un lado estaba la cola, todavía una docena de monadas con sus carpetas de fotos y sus currículos profesionales, y por el otro los que tomaban los datos y los que hacían las pruebas, cámara en ristre, en una habitación cuya puerta se abría y cerraba a una velocidad de vértigo y que apenas si intuí. La chica que estaba más tiempo dentro no sobrepasaba el minuto. Debían de pedirle que dijera algo, la filmaban, y adiós. Conocía el resto: «Ya la avisaremos si hay algo, señorita».

Nunca llamaban.

Alguien conseguía el trabajo, el papel, pero a veces parecía que fuese un «alguien» ficticio, irreal. Para la mayoría, todo consistía en intentarlo, y esperar un milagro, un golpe de suerte, que el productor o el director descubrieran algo que nadie había descubierto todavía.

Miré a Sofía, en la cola, concentrada leyendo el papel que le habían dado.

Era la más guapa, alta y sexi de las que esperaban, de largo, pero eso no servía para ser buena actriz. Ni siquiera mediocre. Muchas modelos lo probaban creyendo que sí, que era suficiente. Aquel era un extraño mundo en el que no siempre salir de la media servía para algo bueno. Las desilusiones, los desengaños eran mayoría.

Pese a lo cual, cada año, una generación de nuevas adolescentes que se convertían en aprendices de mujeres soñaban con ser modelos, con lucir hermosos vestidos en las pasarelas, viajar, ser famosas, ir a fiestas, ganar cinco millones de pesetas por día, y enamorar a cantantes de rock o por lo menos a modelos masculinos tan de película como lo pretendían ser ellas.

Sofía estuvo cuarenta segundos tras la puerta.

Algo me dijo que no era buena, pero que al menos tenía jeta, morro. Ignoraba si sería suficiente, aunque pensé que no.

Bien, tal vez hablar con una modelo de carne y hueso, aunque no fuese una *top*, ni tan solo una de las de pasarela, me ayudase a realizar un mejor cuadro mental de Vania.

O a lo mejor lo único que pretendía era ligar.

—¿Nos vamos? —se plantó delante de mí con su misma cara inexpresiva.

—¿Qué tal?

—¿Tú qué crees?

Mejor no preguntar.

Salimos a la calle y cruzamos la calzada para sentarnos en la terraza del Otto Sylt.

6

Ya no llovía, y la terraza instalada sobre la acera de la Gran Vía, al estar cubierta, tenía los asientos secos, o sería que los empleados acababan de volver a ponerlos no hacía mucho. Algunas mesas estaban ocupadas y hasta el sol pugnaba por salir rápidamente por entre las nubes más pertinaces.

Cuatro estudiantes ociosos de una de las mesas cubrieron a Sofía con cuatro densas miradas. Por sus caras adiviné sus pensamientos. Yo también había jugado a eso siendo más jovencito. Luego me miraron a mí, valorando qué tenía yo para estar con una chica tan guapa. Volvieron a lo suyo, aunque de todas formas me puse de espaldas a ellos. El efecto «catártico» de las modelos, aunque a lo mejor nadie sabe que lo son al verlas, es bastante sorprendente. Bueno, Sofía simplemente era atractiva. Tal vez no fuera el morbo interno de toda modelo o candidata a serlo.

Aún no habíamos hablado cuando ya se nos acercó el camarero. Yo solamente quería tomar una cerveza; pero, dada la hora, no me sorprendió que Sofía pidiera un bocadillo.

—Podíamos haber ido al lado —le sugerí, señalando el restaurante contiguo, La Tramoia, especialista en tapas rápidas pero buenas.

—Da igual.

Tuve que resignarme al fallo.

—Te debo una cena, ¿vale?

—Vale —aceptó.

Nos quedamos mirando unos segundos, dos o tres, hasta que ella se movió inquieta. Algo me dijo que vivía muy a salto de mata, y que era un nervio activo no siempre tensado en la dirección adecuada.

—Me encanta tu cabello —dije patosamente.

—Gracias.

Y los ojos, y los labios, y el cuerpo, y las manos.

—¿Eres amigo de Carlos Sanromán? —le tocó el turno a ella.

—No. Era la primera vez que le veía.

—¿Algo de tu trabajo?

—Sí. Estoy investigando lo que pudo ser de una famosa modelo de hace diez años: Vania.

—La conozco. Me enseñaron fotos de ella en la academia.

—¿Fuiste a una academia de modelos?

—Un tiempo, sí, hasta que me cansé. Valiente panda.

—Pues sigue siendo lo mejor para que te enseñen el oficio.

—Ya. —No pareció estar muy de acuerdo con mi apreciación, aunque me parece que sabía que era verdad, porque después le cambió la cara de fastidio a resignación, como si no quisiera contarme más—. No se ha vuelto a saber nada de ella, ¿verdad?

—¿De Vania? No, nada. Murieron sus dos amigas, Cyrille y Jess Hunt; el novio de esta última mató al dueño de la agencia que las tenía contratadas; después, a su vez, murió él, y tras eso, Vania desapareció.

—¡Jo, no me extraña!

—Bueno, el caso es que nadie puede esfumarse diez años sin dejar rastro.

—¿Tienes alguna teoría?

—Solo puede estar muerta o viva.

Logré hacerla reír, aunque no había sido mi intención.

—¿Llevas mucho con el tema?

—He empezado hoy.

—¿Y cuánto tiempo dedicas a investigar algo como eso?

—El que haga falta.

—Pues deben de pagarte mucho.

Sabía que después de dejarla compraría *Zonas Interiores* para buscar algo que hubiese escrito yo. Y sabía que no tardaría en averiguar que me llamo igual que la directora y editora, porque siempre he firmado Jon Boix Montornés, así que se lo dije.

—Tengo un sueldo, sí, haga lo que haga. Pero también la suerte de ser bueno, de ser hijo de dos grandes profesionales del periodismo y la fotografía de los que aprendí, y de que ella sea la propietaria y directora de *Zonas Interiores*.

Arqueó las cejas. La había sorprendido bien.

—Genial —movió ligeramente la cabeza de arriba abajo—. Eso es lo que llamo yo tener las cosas bien agarradas. ¿Y tu padre?

—Murió en un accidente de coche en el que también mi madre salió bastante malparada.

—Lo siento —noté cómo se estremecía—. ¿Tienes hermanos o hermanas?

—No.

—Yo tampoco —me miró a los ojos de una forma especial—, y mi padre también murió cuando yo era niña.

—Vaya, parece que eso de que «Dios los cría y ellos se juntan» es cierto.

—Oye, ¿tú crees lo que dijo John Lennon, que crecer sin padre te hace paranoico?

—No lo sé.

—Un poco raros sí somos, ¿no?

—Depende. ¿Cómo es tu madre?

—Está loca.

—¿Vives con ella?

—No, con una amiga. Compartimos un pequeño piso. Pero está bien. Me «abrí» hace ya tres años. No la aguantaba. Tampoco es que me haga mala sangre con eso: vive con una hermana soltera, así que está bien. «Dándome la vara» de continuo, pero bien.

—¿Cómo decidiste ser modelo?

—Tenía doce años cuando hice el cambio, me estiré, me salieron todas estas cosas —movió la mano con desparpajo por delante de sí misma—, y todo el mundo decía lo típico, que si estaba muy buena y que si era muy guapa y que si esto y que si lo otro. Naturalmente lo que dijo mi madre era que a ver si pillaba un novio con dinero y hacía una buena boda. O sea, que ser guapa me serviría para eso, ¿captas? Como puedes imaginarte, me reboté. Lo que intenté fue buscarme la vida, pero también ser libre. Sobre todo, eso: ser libre. No tener que depender de nadie salvo de mí misma, hacer lo que yo quisiera y punto. ¿No decían que estaba buena? Pues fui a una academia y me enseñaron a moverme, a tener gracia, a...

—¿Qué edad tenías?

—Dieciséis —me puso una mano por delante—. Ya sé que empecé tarde, pero mi madre no quería pagarme las clases. Tuve que espabilarme, trabajar y pagármelo yo. No me ha sido fácil, ¿sabes?

—Nunca lo es.

—Ya, vale —asintió con la cabeza—. Pero por lo menos estoy en ello, tengo algunas oportunidades y me busco otras. No creo en la suerte, creo en el trabajo; pero reconozco que la suerte es necesaria. La suerte y conocer gente. Una cosa te lleva a la siguiente, y así.

—No empezaste tarde —rectifiqué su aseveración anterior.

—Las grandes modelos han sido descubiertas siendo unas crías. Con mis años, ya soy mayorcita en este tinglado.

—¿Diecinueve?

—¡Ajá! Casi veinte.

—¿Qué dijo tu madre cuando...?

—Puedes imaginarte. Que si acabaría siendo una puta, que aunque lo lograra a los treinta ya tendría que dejarlo y todo ese rollo. Claro que aún tiene la esperanza de que pille a un maromo rico, como si todas tuviéramos que acabar así.

—Es que los ejemplos de algunas modelos y misses españolas son bastante fuertes.

—Me interesa el dinero, mira, pero hacérmelo con un baboso por importante que sea...

—¿Qué harás si no te sale bien?

—Ni idea.

—¿De verdad?

—No quiero pensar en eso —me clavó sus ojos fieros—. Aunque si sigo así, no podré ir tirando mucho tiempo. Por eso meto la nariz donde puedo y hago pruebas para lo que sea. Pero en cuanto te apuntas a un *casting*, te das cuenta de que hay cincuenta, cien, doscientas que están como tú de buenas, y encima mejores, o se dejan hacer lo que sea para conseguirlo.

Comenzaba a ser sincera.

—¿Trabajarías en alguna otra cosa?

—Hombre, no me voy a morir de hambre. Pero por lo menos habría de ser algo que me gustase.

—Lo importante es vivir.

—¿Quién dijo eso?

—Yo.

—Voy a tener que leer algo tuyo —exclamó sarcástica—. ¿Eres buen fotógrafo?

—Creo que sí; pero no de modas, claro.

Acentuó su sonrisa. El camarero se acercaba ya con el pedido, atravesando la calzada lateral de la Gran Vía.

—Dame tu teléfono —me pidió, antes de que llegara.

Se suponía que eso debía pedírselo yo al despedirnos, o un poco antes, así que volvió a ganarme por la mano.

Aunque no me importó.

7

Mi puente aéreo con destino a Madrid salió veinte minutos tarde, lo cual, aun siendo habitual, era como para
respirar aliviado después de los últimos retrasos de hasta
una hora de la semana anterior. Me colé en el avión de los
primeros, ocupé una butaca de ventanilla, y repasé mis
notas, así como mi plan de acción durante los próximos
días. Allí estaba ya prácticamente todo, a quién debía ver
y en qué orden, qué me interesaba y la manera de enfo-
carlo. Había conseguido resumir artículos, documentación y datos acerca de Vania, Cyrille y Jess Hunt hasta el
punto de que lo llevaba todo encima, en una carpeta. El
artículo no solo debía centrarse en Vania. Sus dos amigas formaban parte de la misma historia. Había sido su
muerte el detonante de que Vania dijera basta. Y el reportaje debía hablar de esas muertes: de cómo unas chicas jóvenes, ricas, famosas y deseadas habían muerto en
la cumbre, justo por aquello por lo que habían luchado
siempre.

Eso representaría hablar de muchos temas, del mundo de la moda, del de las *top models*, de drogas, de ano-

rexias y bulimias, del éxito y del fracaso, de las fans, de los referentes sociales, de por qué los mitos se crean y se destruyen y de por qué influyen tanto en la gente.

Todo estaba en mis notas, mi equipaje de mano en los siguientes días, mientras durase la investigación. Era el trabajo del día anterior.

Y no había sido fácil concentrarse.

Sofía revoloteaba de vez en cuando por entre mis pensamientos.

Vivía a salto de mata, tenía más problemas que no quiso contarme todavía, luchaba por mantener el equilibrio en un universo donde eso es muy difícil. Tenía corazón, voluntad, y era joven, pero no tonta. Me pareció casi desesperada, llena de rabia, como si el mundo le hubiese prometido algo que después le hurtó, le escamoteó sacándole la lengua. Muchas personas son totalmente incapaces de romper los espejos en los que se miran y de los que se quedan enganchadas.

Romper los espejos.

Me sumergí en el repaso de todo aquello, para memorizarlo una vez más, y el vuelo de cincuenta minutos se me pasó volando, y nunca mejor dicho. El avión aterrizó en Barajas a las doce menos cinco de la mañana. No llevaba equipaje, así que salí, me metí en un taxi y le di la dirección de Vicente Molins.

El hombre que, ya con cuarenta años, había seducido a la madre de Vania y la había embarazado.

Todos los hijos ilegales que se hicieron famosos, y pienso que también los que no se hicieron famosos, por propia inercia humana, en un momento u otro buscaron a ese hombre que un día hizo lo justo, lo mínimo, para darles la vida, aunque después les diera la espalda. Me venían a la mente algunos casos. Marilyn Monroe se había reencontrado con su padre. John Lennon, aunque no fue ilegal sino abandonado cuando tenía cinco años, también. Y Liv Tyler, la actriz, supuesta hija del cantante Todd Rundgren, que ya mayorcita supo que su verdadero padre era Steven Tyler, cantante del grupo Aerosmith, tras un desliz materno. Si Vania había hecho lo mismo...

Vicente Molins estaba retirado. Los datos que me consiguió Carmina acerca de él no eran muy abundantes. Vivía en un céntrico piso de Velázquez, y poco más. En su vida real, fuera de sus líos amorosos con Mercedes Cadafalch y, tal vez, otras, estaba casado y tenía dos hijos. Los dos anteriores al nacimiento de Vania. Muy anteriores.

No tuve que hacerme demasiadas cábalas acerca de quién era la mujer que me abrió la puerta. Superaba las siete décadas, así que según mis datos era Asunción Balaguer, la esposa de mi objetivo. Le pregunté por su marido y me dijo que no se encontraba muy bien de salud. Le dije que había venido de Barcelona para verle y eso la hizo ablandarse. Pero cuando me preguntó por el motivo de mi interés, no le conté la verdad. Hablé de un viejo negocio. Se extrañó; pero, como buena esposa y madre de las de antes, ya no hizo más preguntas. Lo suyo era estar ahí. Ni el escándalo de la paternidad de Vania había hecho que dejara a su cónyuge.

Pasé a una sala muy noble. Todo el piso respiraba la misma nobleza. Vicente Molins era un industrial catalán que había hecho fortuna en la España de Franco y se había quedado a vivir en la capital del reino. Algo de lo más normal. Los hijos, si nacieron allí, probablemente habrían provocado que los padres no regresaran a sus lugares de origen. Negocios, nietos, la vida ya hecha.

El cuadro debía de ser bastante parecido al que imaginé.

Y cuando Vicente Molins fue entrado en la sala, se completó.

Digo que «fue entrado» porque lo llevaba su esposa en una silla de ruedas. Y digo que se completó porque al verlos juntos tuve la extraña sensación de que allí el tiempo se había detenido hacía muchos años. De pronto me di cuenta de que la sala era una especie de mausoleo, llena de fotografías por todas partes, en la repisa de la chimenea, en dos mesitas, en el piano —porque había piano—, y hasta en una de las paredes. Fotografías familiares. Toda una vida. Él, ella, los dos hijos, los nietos y nietas.

A los cuarenta años, cuando había seducido a Mercedes Cadafalch, Vicente Molins debía de ser un hombre atractivo, con encanto y cierto poder. Ahora la decrepitud le había alcanzado de lleno. Más que delgado estaba enteco, sus ojos se hundían en los cuévanos como si fueran taladros, apenas si tenía cabello y vestía una bata clásica, gris, a cuadros. Las manos, huesudas, reposaban en los márgenes de la silla. Me levanté, me presenté, y esperé a que ella se retirara, todavía suspicaz. Pensé que a lo mejor se quedaba tras la puerta escuchando.

—Avíseme cuando hayan terminado —me advirtió—. Y no le canse mucho. Más de diez minutos...

En el momento de quedarnos solos, el hombre me escrutó con mayor intensidad.

—¿Le conozco? —quiso saber.

—Me llamo Jon Boix, y soy periodista. ¿Conoce *Zonas Interiores*?

—Sí.

Sus ojos se empequeñecieron aún más.

—He venido para preguntarle algo acerca de Vanessa, señor Molins.

Los cerró.

—Por favor... —musitó cansado.

—Va a ser muy breve.

No contestó. Debió de pasar así unos cinco segundos. Hasta que volvió a abrir los ojos y los depositó en mí cargados de dolor.

—Váyase —me pidió.

—¿Quiere que escriba sin más?

—¿Otra vez? ¿Para qué...?

—Hace diez años que su hija desapareció sin dejar rastro.

—¿Y qué? Deje en paz el pasado. Mi esposa ya sufrió bastante cuando aquella revista publicó la exclusiva de que el padre de esa chica era yo. Han pasado treinta y cinco años y todavía...

—¿Sabe usted dónde está, señor Molins?

Me miró como si no pudiera creer que le estuviese preguntando aquello en serio.

—¿Yo? No.

—¿Nunca se puso en contacto con usted?

—No, ¿por qué iba a hacerlo? Fue un accidente. Fui su padre por un azar, nada más.

—¿Llama «azar» al hecho de que su madre estuviese enamorada de usted?

Bufó lleno de cansancio.

—Váyase, por favor —repitió.

Iba a llamar a su mujer. En unos segundos me echarían de allí.

—Señor Molins, no volveré a molestarle, le doy mi palabra. Solo quiero saber si en estos diez años...

—Ya le he dicho que no —fue categórico—. Su madre y yo tuvimos una historia, mucho más seria por parte de ella que por la mía. Fue un error, y bien que lo pagué. Aunque me porté como Dios manda con ella, reconocí a la niña, le di un apellido, y pagué su colegio y alimentación durante años. En ese tiempo, Vanessa y yo no tuvimos ningún contacto, y cuando se hizo famosa, aún menos. Renegaba de mí. ¿Qué podía esperarse? Lo entendí. Nunca fui un padre para ella, ni lo habría podido ser aunque lo hubiera deseado. ¿Cómo quiere, pues, que sepa ahora dónde puede estar? Tengo una esposa, dos hijos y cinco nietos y nietas, una de las cuales pronto me hará bisabuelo. Déjeme en paz, por favor, se lo ruego.

—¿Pudo ponerse en contacto Vanessa con sus dos hermanastros?

—¡No!

Fue casi un grito, y como reacción inmediata se abrió la puerta de la sala y apareció su esposa. Vicente Molins se agitó en su silla de ruedas. Daba la impresión de que fuera a sufrir un ataque de algo, pero era más bien la rabia, la furia, la impotencia por verse allí mientras el pasado volvía una vez más a ponérsele delante.

—Le acompañaré a la puerta, señor —me dijo muy seria Asunción Balaguer.

—De acuerdo, gracias —me resigné.

Fue lo último que dije, además de: «Al aeropuerto, terminal 3», al taxista que me recogió, antes de llegar al puente aéreo de Barajas, para volver a tomar un avión que me devolviera a Barcelona.

8

60 En el contestador automático tenía un solo mensaje, pero valía por diez. Me animó el día.

—Hola, soy yo, Sofía. Solo quería decirte que me lo pasé genial contigo, y que teniendo en cuenta que no estaba muy fina que digamos... Bueno, que me encantaría volver a verte para que me invites a esa cena. Llámame cuando estés de vuelta, o cuando quieras. ¡Chao!

Estuve a punto de hacerlo ya mismo, pero primero el trabajo. Después de todo tenía que haber ido a la redacción en persona para hablar con mi madre. Era lo más justo. Me quité la chaqueta, me derrumbé sobre la butaca-saco encima de la cual solía dejarme caer para llamar por teléfono o ver la tele, y marqué el número de la revista.

El teléfono apenas si sonó una vez al otro lado.

—*Zonas Interiores*, ¿dígame?

—Hola, cariño. Ponme con mi madre.

—Un día te grabaré lo de «cariño» para pedirte una pensión —me dijo Elsa, muy animada pese a la hora.

—No te he hecho ninguna promesa.

—¿No te parece poco promesa lo de «cariño»? Si pesco a una buena jueza feminista...

—Elsa, no seas mala.

—Espera. Acaba de colgar —me informó—. Te paso, «cariño».

La voz de mamá suplió a la de Elsa casi al unísono.

—¿Sí, Jonatan?

Menos mal que no me llamó Alejandro José o algo parecido al nacer. Es de las que se hubiera llenado la boca diciendo todo el santo nombrecito.

—Hola, *mother.*

—*What's up?* —Estuvo a la altura.

Si yo sigo en inglés, ella sigue en inglés, así que para no pasarme volví a lo patrio.

—Acabo de llegar de Madrid.

—¿Y?

—Nada. Vicente Molins no tiene ni repajolera idea de dónde pueda estar su hija, ni de lo que pasó, ni de por qué se largó. Vive anclado en una silla de ruedas, protegido por una inefable esposa. Vania no tenía a su tía ni a su padre en muy buen lugar, como se ve.

—¿Qué pasos piensas seguir ahora?

—Mañana me dedicaré a los de aquí, para completar el reportaje en su parte... más o menos histórica. Iré a ver al que se enrolló con ella cuando tenía dieciséis años, y después al músico, el cantante con el que estuvo liada a los veinte. Cuando cierre el pasado más remoto, pensaba dedicarme a encajar las piezas de los últimos meses, el año de la muerte de Cyrille y de Jess Hunt, el juicio... Iré primero a París para hablar con la mujer de Jean Claude Pleyel y con el que se trajo a Cyrille a Europa. De París saltaré a Nueva York, para ver al exmarido de Vania. Después, Los Ángeles, a por los padres de Jess Hunt, y a San Francisco, a por los padres de Nicky Harvey. Con eso terminaré por allí.

—No está mal —bromeó mi madre—. ¿No hay ningún testigo en Hawái?

—No, pero puedo preguntar, o hacer una escala técnica.

—Jonatan...

Me conocía, sabía que no dilapidaría nunca una peseta —o un dólar— sin motivo alguno. De cualquier forma era un buen periplo. Casi excesivo por un reportaje de alguien de quien no se sabía nada desde hacía tantos años y que, por tanto, podía escribir en casa, cómodamente sentado, extrayendo los datos de cuanto se escribió una década antes.

Aunque el quid no era ese.

—¿Todavía tenemos las mismas vibraciones, verdad, Jon?

—Sí, mamá. Por mi parte, sí. Vania no puede estar muerta.

—¿Lo crees o lo deseas?

Era más lista que el hambre.

—Lo deseo, pero también lo creo. Si no, no perdería el tiempo.

—Claro, con lo que a ti te molesta volar.

Me encantan los aviones, viajar, moverme. Por eso soy periodista.

—Ya sabes a qué me refiero.

—Sí, lo sé —suspiró ella, a través del hilo telefónico, posiblemente cansada tras un duro día de trabajo que aún no había terminado—. Pero me pregunto dónde puede estar alguien como ella.

—París, Londres, Roma, Nueva York...

—Justamente ahí es donde no la ubico.

—¿Por qué?

—¿Alguien que quiere desaparecer se va a ir a un lugar donde, por millones de personas que haya, siempre será mucho más fácil que se le reconozca?

Bingo.

—¿Adónde irías tú? —le pregunté.

—¿Yo? A la Polinesia, desde luego. Un cocotero, una playa azul. ¿Qué más puedo pedir?

—O sea, que por más que lo intente, no voy a dar con ella.

—Yo no he dicho eso. Tú eres bueno.

—Pero nos saldría mucho más barato contratar a un detective.

—No. —Mamá se puso reflexiva—. Hay que situarse en el punto en que Vania desaparece. ¿Qué pasó? Por un lado, la muerte de sus dos mejores amigas, dolor para empezar y soledad para terminar; por otro, el juicio por el asesinato de Pleyel, que la enfrentó a la opinión pública, la situó en el ojo del huracán y acabó de destrozarla anímicamente; en tercer lugar, el peligro que suponía su anorexia. Una clínica, de la que se dijo que salió recuperada y en proceso de normalización, y luego... Tiene todos los ingredientes para hacer lo que hizo: colgar los hábitos y largarse al último rincón del mundo. Pero también pudo ser que no superara la anorexia y acabara muriéndose en cualquier parte, en secreto o sin documentos. Y aunque los tuviera, no olvides que en ellos ponía Vanessa Molins Cadafalch, no Vania.

—También puede ser que su cuerpo aún no haya sido encontrado —mencioné yo.

—¿Suicidio?

Me estremecí.

Era la primera vez que lo pensaba, y que la palabra sonaba en voz alta.

—Todo es posible, ¿no crees, mamá?

—Lo más normal es que esa gente a la que vas a ver no sepa nada de su paradero, porque ninguno de ellos o de ellas da la impresión de haber estado lo suficientemente cerca de Vania. Eso no quiere decir que no debas verlos. Pero... presta atención a los pequeños detalles, a las palabras que no parecen importantes, a los nombres que salen y parecen pasar de largo, en un suspiro. No sé si me explico.

—Como la letra pequeña de los contratos.

—Exacto. En esa «letra pequeña» suele estar muchas veces el auténtico contrato. Lo mismo puede que pase en cualquier momento. Vania pudo hacer o decir algo.

—¿Sabes una cosa? Pensar en voz alta ayuda.

—Mira este. ¿Te crees que no lo sé?

—Te iré llamando a medida que sepa cosas, para seguir «pensando» en voz alta.

—Pásate por la redacción antes de irte a París y a Estados Unidos.

—No tengo más remedio. He de recoger los billetes de avión y unos cuantos dólares.

—¡Tráete los justificantes de gastos, no los pierdas, o los de administración...!

—Lo sé, mamá, lo sé.

—Con esos no hay hijo que valga, recuerda.

—Te quiero.

Lo dije en broma porque hablábamos de dinero, pero ella se lo tomó en serio. Supongo que tenía una de esas épocas... Bueno, da igual.

—Yo también, Jonatan.

—Adiós.

Corté, pero no dejé el auricular. Miré el número de Sofía y lo marqué. Esta vez escuché tres zumbidos antes de que al otro lado alguien atendiera mi llamada.

—¡Hola! —dijo una voz femenina muy jovial. No era ella.

—¿Está Sofía?

—¿Quién eres?

—Jon.

Tapó el auricular con la mano, sin responderme; pero pese a ello, escuché su grito nada disimulado.

—¡Oye! ¿Estás para un tal Jon, o John, o...?

Volvió a mí al instante.

—Ahora se pone.

No esperé demasiado. La voz de Sofía surgió con mucho menos ánimo que la de su compañera de apartamento, pero por lo menos con mucha más naturalidad.

—¿Jon?

—¿Cómo estás?

—Pse.

—¿Algo del *casting*?

—No, y ya no van a llamar. ¿Y lo tuyo?

Le había hablado de Vania, y de lo que estaba haciendo. Me gustó su recíproco interés.

—De momento, en pañales; pero sigue siendo apasionante. Oye —eché un vistazo a mi reloj—, acabo de llegar de Madrid. ¿Haces algo?

—No, nada.

—¿Sigues siendo una chica pobre que lucha por salir adelante y a la cual la cena gratis que le debo le viene muy bien?

—Gracioso —me espetó con un tono agudo.

—¿Te recojo en una hora?

—Si vienes con la moto, sí.

—Hasta luego.

Eso fue todo.

9

El primer amor serio de Vania, pese a que por entonces, a los dieciséis años, ya iba directa a la fama, había sido de lo más vulgar. Tomás Fernández. No lo digo por el nombre, claro. Lo digo porque el tal Fernández, por entonces, tenía diecinueve años y no era más que un guaperas con aire de macarrilla. Recordaba haber visto sus fotos, y algo de él en televisión, aprovechándose del momento, tras la muerte de Cyrille y de Jess y la desaparición de Vania. Lo mismo que el primer oscuro marido de Marilyn Monroe se buscó la vida, a él no le importó ser lo mismo, el oscuro primer novio de la más famosa de las *tops* nacionales de su tiempo. Además, salir con ella le había abierto algunas puertas, así que hizo pequeñas cosillas antes de que fuera sepultado por su falta de clase.

En fin, que no siempre las más bellas se enamoran de los tíos que puedan estar a su altura.

Cuando digo que el corazón femenino es imprevisible...

A Carmina tampoco le había costado mucho dar con él. Las babosas dejan un rastro. Diecinueve años después de la breve relación sentimental con Vania, Tomás Fernández seguía buscándose la vida como lo que era: un listillo.

Ejercía de relaciones públicas en una discoteca marchosa, para noctámbulos selectos. O sea, que seguía siendo un macarrilla sin clase pero con percha.

No sé por qué odio a los relaciones públicas de las discotecas. Será porque me parecen *gigolos* encubiertos, o chulos con licencia para ejercer, o depredadores de la noche cuyo único propósito es meter gente en el local que les paga y, de paso, sacar la mejor de las tajadas, en dinero o en carne.

Vivía en una torrecita, discreta y humilde, aunque fuese en Sant Just Desvern.

—¿Sí?

Me abrió la puerta en calzoncillos, y con cara evidente de haber sido despertado con mi llamada. No me sentí mal por eso. Y aún menos al verle. Treinta y ocho años, cabello alborotado y agitanado, pelín largo, torso peludo, un tatuaje hortera en cada brazo, un poco más abajo de los hombros, cuerpo trabajado por lo menos con un par de horas de gimnasio al día, mandíbula cuadrada.

—¿Tomás Fernández?

—¿Qué pasa? ¿Sabes qué hora es?

—Las doce —le informé.

—¡Joder! Acabo de meterme en la cama hace menos de cuatro horas.

—¿Puedo hablar con usted? —me negué a tutearle, aunque a mí todo el mundo me tuteaba.

—¿De qué?

—De Vania —le enseñé mi carné de periodista y el de *Zonas Interiores*.

Eso último le hizo abrir los ojos.

—¿*Zonas Interiores*?

—Estamos haciendo un reportaje.

Ahora ya sí. Se despejó de golpe. A falta de un buen café, pero... se despertó de golpe.

—¿Cuánto vais a pagar?

Me entraron ganas de reír. Traté de comportarme.

—Nada.

—¿Cómo que nada? Lo que sé vale una pasta, ¿no?

—Lo que sabe lo contó hace diez años, así que no tengo más que leerlo y repetirlo —dije, sin cortarme un pelo—. Pensaba que ahora querría hablar por simple espíritu de colaboración... además de salir en *Zonas Interiores* y de la publicidad que eso siempre comporta.

No supe si iba a cerrarme la puerta en las narices o si meditaba lo que acababa de decirle. Finalmente fue eso último.

—Hace diez años cierta prensa me puso a caer de un burro, como si yo tuviera la culpa de algo —se quejó.

No se había enterado de nada, así que tampoco le dije la verdad, que los horteras listillos no caen bien. Me las ingenié de nuevo para acercarle a mi parcela.

—Porque vendió la exclusiva. El que paga tiene derecho a decir lo que quiera, y cuanto más haya pagado, más largará. Yo no pienso hacer eso. Escribiré de usted objetivamente.

Eso acabó de convencerle, o sería que no estaba para discusiones. Se apartó de la puerta y entré en la casa. Todo estaba revuelto, en desorden, pero encontré una butaca libre. Esperaba ver salir a una rubia teñida de alguna parte, pero, casualidad o no, esa noche Tomás Fernández había dormido solo. Desapareció cinco minutos en el baño y otros cinco en la cocina. Ya lavado y con una taza de café en la mano, volvió a mi encuentro. Eso sí, todavía en calzoncillos.

—¿Qué puedo contar diez años después? —fue sincero.

—Los recuerdos puede que ahora sean distintos, y que vea la historia con otra perspectiva.

—No, sigue siendo la misma —movió la cabeza indiferente—. Conocí a Vanessa, nos enamoramos, perdí el culo por ella; ella creo que por mí, aunque después lo negó, y vivimos uno de esos amores que dejan huella. Para ella fui el primero, ¿entiendes? Eso cuenta, y más en una chica.

—¿Volvió a verla?

—No.

—¿Nunca le llamó para...?

—Nunca, ¿por qué iba a hacerlo?

—Porque a veces el primer amor no se olvida, y queda algo.

—Vanessa estaba subiendo como la espuma —confesó—. No paraba nunca en Barcelona. Contratos, pases, viajes... A mí me ponía a mil, claro. Lo mismo que enloqueció a miles de tíos. Pero, ¡qué coño!, éramos unos críos. Se nos fue de las manos y ella acabó «pasando» después de una pelea. Supongo que se olió la fama, así que no puedo culparla. ¿Qué podía hacer yo? ¿Actuar de *manager*, de secretario, de guardaespaldas? El mercado también tiene sus leyes. Las *tops* han de ser libres o andar jugando con roqueros, que es lo que se lleva.

—¿Nunca le contó nada especial, le habló de un sueño, le dijo lo que haría si un día lo dejaba? —recordé lo que me había dicho mi madre la tarde anterior.

—No recuerdo ni de qué hablábamos. Yo procuraba pasar el tiempo que podía en la cama, aunque ella...

—¿Qué?

—Bah, nada —hizo un gesto vacuo.

—No creo que tuviera problemas con el sexo.

—Supongo que yo la enseñé —reconoció fatuamente—, pero estaba tan pendiente de su cuerpo y de su belleza que... ¿Has salido con alguna modelo?

—Sí.

—Entonces ya sabrás de qué te hablo —puso cara de idiota—. «No me aprietes los brazos que me dejas marcas». «Cuidado con el cuello que se queda rojo y después se nota». «Ahora no...».

Ya tenía ganas de irme de allí, pero le hice aquella pregunta:

—¿Qué pensó al verla convertida en una de las chicas más admiradas del mundo?

—¿Qué querías que pensara? Pues que por lo menos yo había sido el que la estrenó.

Era un cabrón. Había tenido en los brazos el sol y lo había dejado caer en la noche. Tuvo a una rosa entre las manos y la aplastó. Pudo haber retenido el agua de la lluvia, pero se lavó con ella. Un maldito cabrón.

El primero de los muchos con los que, seguramente, habría tropezado Vania... y todas las mujeres guapas que, por el simple hecho de serlo, tenían que aguantar a todos los tipos convencidos de que podían tenerlas, o comprarlas, como si tuvieran un precio.

Aunque algunas también participaran de esa guerra sembrando truenos.

—¿Cree que Vania puede estar viva después de diez años de silencio?

Fue categórico:

—No, seguro. Cuando se quiere llegar a la cumbre, como quería llegar ella, y se está dispuesta a pagar el precio que sea por conseguirlo, no se deserta. Vanessa llegó. Si no está ahí ahora, es porque está muerta. No sé dónde, ni cómo, pero ha de estarlo. Leí lo de la clínica, por lo de la anorexia. ¿Salió bien? Y un cuerno. Murió y alguien la enterró en secreto, sin publicidad. Su tía o... vete a saber quién. Pero ha de estar muerta. No tendría sentido si no fuera así. Muerta.

Lo dijo sin ninguna pasión, sin sentimiento.

Y supe que me iba a costar mucho meter a Tomás Fernández en mi reportaje sin decir exactamente lo que era.

10

Nando Iturralde había comenzado a cantar, como la mayoría, en la adolescencia, influenciado por gentes como Bruce Springsteen. Primero estuvo en algunos grupos de Bilbao, tocando la guitarra, hasta que formó el suyo propio, Kaos-Tia, y se erigió en cantante y líder absoluto del mismo. Aguantaron siete años, yendo de menos a más, y lo dejaron en pleno éxito, con un potente doble en directo que llegó al número uno de los *rankings* de ventas. Demasiado para volver atrás o seguir con la banda. El siguiente paso fue un cambio de imagen, de estilo, y emerger al cabo de un año como solista. De su primer álbum en esa nueva etapa vendió más de medio millón de copias, que se dice pronto. Eso fue a los veintisiete o veintiocho años. Dos años y medio después lanzó su segundo trabajo en solitario, *Caliente*, y a raíz de una gala benéfica en televisión conoció a Vania, que por entonces tenía veinte, diez menos que él. Durante cinco meses habían salido en todas las revistas de cotilleo, habían sido pasto de los depredadores de noticias, habían dado pábulo a mil especulaciones.

Y tal y como empezó, lo suyo terminó.

Un día ella apareció en Venecia con el hijo de un piloto de Fórmula Uno retirado, y él en el estreno de una película en Madrid con la protagonista de la cinta.

No quisieron hablar.

Y nunca lo hicieron.

Vania había tenido solo tres parejas estables a lo largo de su vida, Tomás Fernández, Nando Iturralde y Robert Ashcroft, con el que se casó. El resto fueron posibles amantes ocasionales o amigos de una noche o una semana. Nada serio.

Así que si conseguía que me contara algo, yo sería el primero. De Nando Iturralde no había nada diez años antes. Por lo menos él se portó bien. Espíritu de roquero.

Me recibió en su despacho. Tenía cuarenta y cinco años, se mantenía en forma, y después de casarse con Montse Cros, hija de los Cros de Manresa, había montado una productora de televisión que le iba viento en popa. Y no se trataba de un braguetazo. Nando Iturralde tenía pasta. Ahora se rumoreaba que iban a relanzarse sus grandes éxitos y que, a lo mejor, volvía a la escena. Los viejos roqueros nunca mueren.

—*Zonas Interiores* —dejó mi tarjeta encima de su mesa—. ¿Qué tal está Paula?

—Muy bien.

—Me hizo unas fotografías en una actuación, en el Palacio de los Deportes, en el... —se echó a reír y no dijo el año—. Bueno, ¿qué más da? Fueron muy buenas. Utilizamos una en la portada de un «maxi».

Ni lo sabía. Dios, mi madre había hecho tantas cosas que se me escapaban.

Ni ella misma se acordaba a veces.

—Ahora ya no hace fotos —me limité a informarle.

—No me digas que estás aquí por esos rumores acerca de mi vuelta a los escenarios y el *Grandes éxitos*.

—Me temo que no —pensé que no iba a conseguir nada—. He venido a hablar de Vania.

Me escrutó con ojos perspicaces, supongo que calibrando todo lo que se escondía detrás de mis palabras y mi interés, y decidiendo si valía la pena que los dos perdiéramos el tiempo.

—Vania... —suspiró.

—Vamos a publicar un reportaje con motivo del décimo aniversario de todo aquello.

—¿Sabes dónde está?

—Esa es la pregunta clave. Imaginaba que tal vez...

—Diez años —plegó los labios hacia abajo—. Después de lo de Cyrille y Jess... Pensé que estaría en cualquier parte, y que volvería un día u otro, hasta que me di cuenta de que habían pasado dos, tres años, y ella seguía sin dar señales de vida. Ahora...

—¿Te importa que hablemos de ella?

—No, claro.

Fue tan fácil que casi me pilló de improviso.

—Aunque tampoco hay mucho que contar —me aclaró—. Todo sucedió muy rápido.

Era curioso. Habría querido matar a Tomás Fernández por haber estado con una mujer a la que había amado siendo adolescente y, en cambio, respetaba y admiraba a Nando Iturralde, cuando también había estado con ella.

—Os enamorasteis de una forma típica, ¿verdad?

—Y tanto —sonrió—. ¿De qué otra forma pueden enamorarse un cantante y una modelo que se encuentran una noche y que, después, a lo peor ya no vuelven a cruzar sus destinos? Lo normal era eso: conocerse, mirarse, saber lo que iba a pasar, y ya no hacerle ascos. La gente normal no lo entiende, creen que es puro sexo y que los famosos están locos. Pero no es así. Muchas personas se conocen hoy, se miran, y saben positivamente que va a pasar algo, mañana, pasado, la semana próxima. Pero viven en la misma ciudad, tendrán una o dos citas tranquilas, y se lo pueden tomar con calma. Lo saben, pero esperan. Las estrellas, del género que sean, no tenemos por qué fingir, y tampoco tenemos tiempo que perder. Si va a pasar, va a pasar. Así que eso fue lo que sucedió: nos conocimos en aquella gala, nos escapamos juntos al terminar, y aquella misma noche nos amamos como si fuera...

Le brillaban los ojos. Tuve envidia, pero también respeto.

—¿Por qué no os casasteis?

—Bueno, fue electrizante, pero... No tienes más que mirar los papeles de la época. Hubo mucha publicidad. No nos dejaron en paz. Así que fue muy difícil. Yo estaba en plena gira por España, y ella en pleno trabajo por todo el mundo. Teníamos que vernos en París, en Milán o en Nueva York tanto como en Oviedo, Vigo o Zaragoza. Una locura. No habría salido bien.

—¿La diferencia de edad?

—No, no fue eso. Yo tenía treinta y ella veinte, sí, ¿y qué? Todo estaba en contra nuestra. Además, la leyenda de las modelos y los roqueros parecía... Desde los años ochenta ha sido como una plaga: Simon Le Bon de Duran Duran y Yasmine, Mick Jagger de los Rolling con Jerry Hall, Rod Stewart con Rachel Hunter, David Bowie con Iman, el bajo de U2 con la Campbell, y así una docena más. Era como si los músicos buscáramos el escaparate de las bellas, y las bellas, la fantasía extrema del universo roquero. Nadie entendía que era lógico que unos y otras nos encontráramos. ¡Éramos nómadas del mundo del espectáculo! Lo malo es que mientras para muchos y muchas cada relación era tan pasajera como la anterior y la siguiente, para otros no era así. Yo me enamoré de Vania, y lo hice en serio. ¿Y qué pasó? Pues lo que pasó: que ni yo podía dejar lo mío ni ella lo suyo. Las modelos que antes te he dicho se casaron con sus roqueros cuando ya rondaban los treinta y sus carreras como *tops* estaban acabadas. Pero Vania tenía veinte años, se hallaba en la cumbre. Y yo, con mi segundo álbum...

—¿Cómo era?

—Era una pura energía. —Mirar hacia dentro hizo que le brillaran los ojos—. No por ser una loca, no parar, reír siempre o andar de un lado a otro, porque no era así. Me refiero a que era como la luz, te transmitía unos enormes deseos de protegerla, darle amparo, quererla, acariciarla. Ella daba energía a los demás, ¿entiendes? Sin embargo, en sí misma, necesitaba muy poca para vivir. Se movía despacio, hablaba poco. Aquella melancólica delgadez que la dominaba...

—Pero ese aire enfermizo venía de su anorexia y de un posible consumo de drogas.

—No tomaba drogas.

—Nando —me acerqué a la mesa para ser más convincente—, no pretendo destruir su imagen ni su recuerdo, pero en aquel tiempo casi todas las modelos superdelgadas estaban en manos de la heroína. La consumían precisamente para potenciar no ya su delgadez, sino su estilo y su estética. Aún existen secuelas del *Heroin chic look*. Caras lánguidas, aspectos enfermizos, cuerpos esqueléticos —iba a recordarle que Jess Hunt murió de una sobredosis, y que Cyrille se contagió de sida por lo mismo, no por una causa sexual, pero no me dejó acabar.

—Ella no las tomaba, al menos cuando estuvimos juntos.

—Solo fueron cinco meses.

Bajó la cabeza. No creo que le doliera hablar de su antiguo amor. Le dolía que pudiera manchársela.

Como muchos otros, como yo, sin haberla conocido jamás, seguía bajo el hechizo de su imagen y de su recuerdo.

—Te diré algo —confesó mirándome de nuevo—. Ya entonces tuve que competir con alguien, no con las drogas, sino alguien que ejercía sobre Vania una influencia muy fuerte.

—¿Quién?

—Jess Hunt y Cyrille.

—Eran sus amigas, claro.

—Eran más que amigas. Habían formado una especie de familia o sociedad. No solo las contrataban siempre a las tres juntas, las famosas Wire-girls, también se protegían unas a otras. Se querían. Se necesitaban. Se tenían. Y es lógico que fuese así: Vania era hija ilegítima, tenía un padre que no quería saber nada de ella y dos hermanastros que ni conocía. Además, su madre murió poco antes, así que estaba sola. Sola con su criada, que le hacía ya de madre tanto como de secretaria o asistente. Cyrille, otro tanto, sin ninguna raíz, y con un pasado tenebroso, como ya sabes. Y Jess Hunt, pese a tener padres y una hermana..., ya me dirás. Con aquel fanatismo religioso, estaba atrapada en un círculo, hasta que pudo salirse de él gracias a su trabajo y su éxito. Por todo ello y mucho más, las tres eran como una sola.

—¿Me estás diciendo que había algo entre ellas?

—No eran lesbianas, si es a lo que te refieres. Te hablo de algo mucho más intenso, personal. Era como si estuviesen conectadas, interrelacionadas entre sí. Cuando una llamaba, las otras dos acudían. Por eso al morir la primera se desencadenó la tragedia. Al menos es como lo veo yo. Fíjate en que entre la muerte de Cyrille y la desaparición de Vania, apenas si transcurren unos meses, y en medio, la de Jess Hunt. Aquel juicio al novio de Jess fue la puntilla.

—¿Crees que haya muerto?

—No lo sé. Pero te diré algo: alguien como ella no se retira y desaparece diez años. Era una diosa, y las diosas necesitan devoción.

—¿Y si ya no era ella?

Comprendió el sentido de mi pregunta.

—Solamente conocí a una Vania —reflexionó—. Y fue cinco años antes de todo eso.

—¿Te sorprendió que se casara?

—No, y aún menos que se divorciara tan rápido. Pudo habernos pasado a nosotros. Lo que sí me extrañó es que lo hiciera en un arranque, y con alguien como ese estirado. No era de esas.

—La gente cambia.

—Sí —convino.

Nos miramos súbitamente en silencio.

Y entonces me di cuenta de que ya estaba todo dicho.

11

No lo esperaba, así que me sorprendió encontrármela **81**
allí, en la puerta de mi casa, sentada en el peldaño de la
escalera y con una bolsa al lado.

Sofía.

La había llamado el viernes, después de lo de Nando
Iturralde, pero ya no la encontré. Tendría algo mejor que
hacer el fin de semana. Ahora era domingo por la noche.

—¿Por qué no me...?

—Lo siento —me detuvo—. ¿Puedo pasar la noche
en tu casa?

A mí no me suelen suceder esas cosas, así que me dio
por buscar una cámara oculta en alguna parte.

—¿Qué haces? Oye, si te molesta o... Ningún problema, ¿eh?

—No seas tonta. Claro que puedes quedarte. Pero a
cambio de algo.

—Sin condiciones —me apuntó entonces con un dedo
acusador.

—Quiero saber tu apellido.

—¡Jo! —se echó a reír.

—O eso, o a la calle.

—Muy bien, adiós —pasó por mi lado después de recoger la bolsa y tuve que detenerla.

—Está bien —me rendí.

Entonces me miró, una vez derrotado, y fue cuando me dijo:

—García.

—No es tan malo —repuse.

—Sofía García. —Su bonita cara se arrugó—. Si Vanessa Molins Cadafalch se convirtió en Vania, yo soy Sofía. A secas. ¿Vale?

—Vale, vale.

—¿Entramos o qué?

—Escucha, si otra vez has de esperarme, no lo hagas fuera, sino dentro. ¿Ves? —señalé la parte superior del marco de la puerta de mi apartamento—. Ahí hay una llave.

—¿Tienes muchas novias o qué? —bromeó.

—También tengo amigos en apuros... y un par de veces he perdido mis llaves.

Abrí la puerta de mi apartamento y entramos dentro.

—Gracias —suspiró, una vez segura—. Mi compañera de piso tenía un rollo, ¿sabes? Y la verdad...

—Tranquila.

—No quería comprometer tu reputación —volvió a sonreír con ironía.

—Espero que te cases conmigo.

—¡Uf! —puso cara de asco.

—Ya sabes dónde está el baño, por si quieres ducharte. Yo solo he de empezar a preparar las cosas para el viaje de mañana. Podemos pedir una pizza, o comida china, o...

—Llámame algún día, desde donde estés, para darme envidia.

—Masoca.

—Le he dado vueltas en mi cabeza a la historia de la tal Vania —se quitó la cazadora tejana y la dejó caer sobre mi saco—. ¿Quieres saber qué pienso?

—Sí —reconocí.

—Simplemente creo que tiró la toalla. Llámalo «intuición femenina», o quizá es que también soy modelo. Pero no puede ser otra cosa.

Sentí un ramalazo de tristeza. No por su intuición, sino por las veces que repetía lo de que era modelo. Como si quisiera convencerse a sí misma. Vania era una *top*, única, y había cien que eran modelos, grandes modelos. Pero Sofía, por desgracia para ella, pertenecía a las miles y miles que solo pasarían por algunos catálogos baratos, que harían algunas cosas con las que subsistir, tal vez incluso ganarse la vida decentemente, o que acabarían de azafatas o bustos en programas de televisión. Nada más, incluido algún que otro cuarentón con pasta al llegar a los veinticinco y comprender que a esa edad ya se es vieja en este mundillo.

Era guapa, estaba delgada, tenía todo lo necesario; sin embargo, como me dijo Carlos Sanromán, enamorar a la cámara solo lo hacía una de tanto en tanto. Meterse en la mente de alguien con solo mirarle era un don.

Un don del que Sofía carecía.

Aunque yo no fuese nadie para decírselo.

Tampoco iba a creerme.

—¿Qué te pasa? ¿No me has oído?

—Sí —recuperé el hilo de nuestra conversación—. Pensaba en ello.

—Esa chica estaba unida a las otras dos, y ellas van y se le mueren. Está claro. Tuvo miedo, se fue a la clínica por lo de la anorexia, y después se largaría a Nueva York o algo así. O pilló a alguien.

—Hay que ser de una pasta muy especial, o estar muy harta, para dejarlo todo y desaparecer. ¿Tú lo harías?

—¿Yo? No, ni hablar. Quiero ser una buena modelo, quiero ser una *top*, quiero ser la número uno. Y cuando lo consiga... —apretó los puños y los labios con fuerza.

—Estás loca.

—Sí, sí, loca.

—¿No te hablé de Cyrille, y de Jess Hunt, o de la propia Vania? Pagaron su precio, ¿sabes?

—Mira, Jon: hay un millón de tías en el mundo que darían media vida por ser ellas, y yo la primera. Ellas la cagaron. Yo no lo haría.

—Ya.

—Bueno, y si la cago, ¿qué? —me desafió—. Habrá valido la pena.

—¿Tú crees?

—¿Estar arriba como estuvieron ellas durante siete u ocho años, cuando eres joven, viajar, conocer gente, tener poder, ser admirada, ganar la pasta que ganan? ¡Vamos, Jon! ¿Estás de broma? ¡Claro que vale la pena!

—Seguro que cuando Cyrille se suicidó, o cuando Jess Hunt supo que iba a morir a causa de aquella sobredosis, pensaron: «¿Ya está? ¿Ya se ha terminado todo?». Y entonces debió parecerles muy breve, espantosamente breve. Como una burla del destino.

—¿Eres un moralista o qué? —me miró escéptica.

—Amo la vida, nada más. Y si mi madre me dice que cuando se está mejor es a los treinta, y a los cuarenta y a los cincuenta, la creo.

—¡Eso lo dice porque ella ha pasado los treinta, y los cuarenta, y está en los cincuenta, por Dios!

—Entonces debe de ser porque pienso que el mundo de las supermodelos está viciado, y que juega con los sueños de sus protagonistas tanto como con los de las millones de adolescentes que las imitan.

—O los de sus madres, que son las que están gordas y buscan el éxito de sus nenas para paliar sus propios fracasos.

—Míralo como quieras, pero si piensas así, es como para preocuparse —quise terminar aquella conversación—. El éxito a cualquier precio no vale la pena, porque siempre vas a pagar más.

—Cómo se nota que siempre has vivido de puta madre —chasqueó la lengua mordaz mi aguerrida amiga—. Voy a pegarme un duchazo, ¿vale?

—Está bien —me relajé.

Pasó por mi lado después de recoger su bolsa.

—¿Sabes lo que pienso? Pues que este trabajo ya te está afectando, y eso que acabo de conocerte y tú estás empezándolo.

Sí, tenía intuición, desde luego.

Por alguna extraña razón, ya llevaba a Vania metida en la cabeza.

Sofía entró en el baño y cerró la puerta. Yo me senté delante de mi mesa de trabajo, situada en el ángulo más opuesto de la sala, y comencé a reunir todo lo que había estado haciendo a lo largo de la semana, las impresiones de los primeros entrevistados. Seguía sin tomar notas en vivo y sin grabar nada. Para ellos era mejor. Hablaban más y más relajados. Después me organicé la vida, es decir, mi viaje a París, Nueva York, Los Ángeles...

Había terminado unos diez minutos después, cuando de nuevo se abrió la puerta del baño y reapareció Sofía.

Llevaba algo en la mano.

Un espejito redondo, con dos delgadas líneas de polvo blanco en su superficie.

—Hola —comenzó a caminar hacia mí, sonriéndome con provocación—. Mira lo que he traído para amenizar la velada.

No soy idiota. Sabía qué era aquello.

No sé si me enfureció más esto o que ella creyera que yo...

Es raro que pierda la cabeza, los estribos. Siempre he sabido reaccionar de forma cauta ante los hechos inesperados, las situaciones de emergencia o aquellas en que hay que tomar decisiones rápidas. Sé racionalizar, y más con la mente despejada. Según mi dilecta madre, es una de mis mejores virtudes, y algo que me viene de casta en mi trabajo como periodista.

Pero en esta oportunidad perdí la cabeza.

Por ella, porque me gustaba, porque de pronto me fallaba en algo que yo tenía muy claro.

Me dolió.

—¿Estás loca?

La cara se le quedó petrificada.

—¡Mierda, Sofía, mierda!

No lo esperaba, pero yo tampoco. Mi mano salió disparada, impactó en el espejito, y este salió volando por los aires. El polvo blanco se convirtió entonces en una especie de nieve —y nunca mejor dicho— que flotó en el aire sobre nuestras cabezas, mientras el espejo se hacía añicos contra la pared.

Sofía quedó aturdida; pero eso solamente duró un segundo.

Luego se convirtió en una furia.

—Pero... ¿qué has hecho? ¡Joder! ¿Qué has hecho? —miró la nube blanca, y luego de nuevo a mí, con los ojos saliéndosele de las órbitas—. ¡Eres un desgraciado, un borde, un hijo de...! ¿Sabes lo que valía eso?

Quiso saltar sobre mí, pegarme o arañarme; no lo sé. Pude detenerla e impedírselo. Sus ojos se le llenaron de lágrimas, pero no me dio pena.

Después la empujé hacia atrás.

Y saqué mi cartera, un billete de diez mil pesetas. Se lo tiré.

—Todavía no eres nadie y ya estás como ellas —musité triste y repentinamente cansado.

—¿Cómo estoy, eh? Vamos, dímelo tú.

—Muerta en vida.

—¡Pero de qué vas!

—Trabajas cuando puedes, a salto de mata, no tienes nada, y te gastas el dinero en eso.

—¡Era un regalo para ti! ¡Unos llevan una botella de vino cuando van a cenar, y yo pensaba que...! —me miró como si de repente fuese un violador, con asco, y suspiró incrédula—: Eres increíble.

—Odio las drogas —fui muy claro—. Todo tipo de drogas.

—¿Qué pasa, que tu mejor amigo murió con la jeringuilla en la vena?

—Da lo mismo. No lo entenderías.

—¿Así que es eso? ¿La falsa superioridad del puro de corazón y fuerte de carácter? ¡Yo solo pensé que eras normal!

—Soy normal. Tú no lo eres. Yo no necesito eso. Nunca lo he necesitado.

Ya no quiso contestar. Seguía con los ojos enrojecidos, rabiosa, frustrada por la pérdida de su material y por el cambio de planes. Pensé que se marcharía, que lo de su amiga era una excusa. Pero no. Lo único que hizo fue dar media vuelta, y pese a ser muy temprano se metió en mi cama, apartada lo más que pudo del centro, y me dio la espalda, dispuesta a dormir.

Eso fue todo.

O sea, que he tenido noches mejores.

12

Sofía ya no estaba por la mañana, al despertar. Me había metido en la cama —por suerte es espaciosa, así que ni nos habíamos rozado— y, aunque con dificultad, porque es duro dormir teniendo tan cerca a una mujer como ella, al final me quedé dormido.

Supongo que esperaba que yo lo intentara.

O que al menos le hablara.

Pero no lo hice. Me sentía extraño. Y ya no pensaba en Vania. Pensaba en la propia Sofía. Y en todas las Sofías candidatas a modelo o ya profesionales que caían en manos de aquella locura.

Así que se había ido, sin hacer ruido.

El billete de diez mil pesetas seguía en el suelo, en el mismo lugar donde se cayó la noche anterior.

Acabé de hacer la maleta, metí lo imprescindible para una semana y me fui a la redacción de Z.I. intentando no pensar demasiado en mi nueva amiga. Probablemente ya no la volvería a ver. Antes de decirle adiós a mi madre pasé por administración para recoger los pasajes de avión y unos cuantos dólares en metálico para gastos. Porfirio me hizo firmar los correspondientes recibos.

—El regreso de Estados Unidos está abierto, como querías.

—De acuerdo.

—Bien vives —me dijo, estudiando y envidiando mi aspecto de hombre aventurero.

—Ya me gustaría verte yo a ti en esa selva —señalé al otro lado de la ventana.

Porfirio era bajito, regordete, calvo. El perfecto administrador.

—Tráeme...

—Los justificantes, sí, descuida —asentí rápido.

Le dejé calibrando nuestras diferencias laborales y pasé por el despacho de mi querida Carmina. Mi «conseguidora» me lanzó una sonrisa feliz y me tendió una hoja de papel.

—Creo que es todo —dijo con su eficacia natural—. Y lo que no he podido conseguir o no está claro... te he puesto cómo intentar lograrlo.

—¿Por ejemplo?

—La última dirección de Robert Ashcroft en Nueva York era de una galería de arte en Tribeca; pero ese tipo de galerías abre y cierra como si nada. Tal vez ya no esté allí. Así que te he puesto media docena de teléfonos de gente conocida y vinculada con el mundo del arte. Tampoco sé si la madre de Jess Hunt sigue en Los Ángeles. Su hija pequeña trabaja en una serie de televisión, pero igual la han cancelado y...

—Eres un sol.

—A ver qué día me llevas a dar un paseo por Kenia o por Jordania.

—¿Te imaginas, tú y yo juntos?

—No —se echó a reír.

Le lancé un beso y entonces, sí, me fui a por mi madre.

Estaba dando los últimos toques a la portada del número de esa semana, así que hice lo que suelo hacer en estos casos: meter baza. El montador, que estaba con ella, se puso a temblar.

—Yo bajaría esta foto un centímetro, le daría algo de color a este titular y destacaría aún más el principal en rojo.

—Te voy a buscar trabajo en el *Hola* o en el *Lecturas* —me amenazó ella.

El montador sonrió por debajo del bigote.

Esperé a que terminaran sin abrir más la boca, es decir, privándoles de mis consejos y mi experiencia. Cuando el montador se fue con la portada aprobada, me quedé a solas con ella. Todavía me quedaba tiempo suficiente para llegar al aeropuerto y salir rumbo a París.

—¿Cuándo te vas? —quiso saber mamá.

—Diez minutos.

—¿Qué tal el viernes?

—No muy bien —puse cara de desconfianza—. Tomás Fernández, el noviete de Vania cuando ella tenía dieciséis años, sigue siendo un borde integral de los que se merecen que los pise un coche en un paso de peatones. Y Nando Iturralde, aunque fue mucho mejor, tampoco aportó gran cosa. Material para un buen reportaje, sí; pero poco más.

—¿Y el «toque Boix»?

—Oh, sí, el toque Boix. Lo olvidaba.

Mi madre abrió el cajón central de su mesa. Extrajo una revista de él y me la tendió. Era española, fechada un año antes.

—Hay un buen artículo sobre el mundo de la moda, las *tops*, la servidumbre de la fama, la drogadicción y todo eso —me informó—. Léetelo, porque es el tono que me interesa.

—¿De veras lo crees necesario? —casi me ofendí.

—No seas absurdo. Hay detalles que pueden ayudarte.

—Vale —lo metí en mi bolsa de mano.

—Picasso copiaba de todo el mundo, pero como lo hacía mejor...

—Mamá...

—Tengo una reunión —me despidió—. Anda, dame un beso y lárgate.

Le di un beso y me largué. Salí a la calle, subí a un taxi y le pedí que me llevara al aeropuerto. Me olvidé de la revista porque en el aeropuerto, cosa nada rara, me encontré a un amigo. Por suerte no iba a París, sino a Londres, a ver el concierto de Peter Gabriel. No abrí la bolsa de mano hasta que el vuelo con destino a Orly estuvo en el aire. Entonces, sí, saqué la revista, busqué el artículo y le di un rápido vistazo.

Después lo leí. Mamá tenía razón. Era bueno.
En especial, algunos párrafos...

«¿Alguien sabe quién fue la primera auténtica *top model* de la historia? Probablemente, no. Se llamaba Evelyn Nesbit, y en 1901 llegó a Nueva York, a los quince años, acompañada de su inevitable madre —todas tienen una madre celosa y protectora, hasta que ellas mismas se independizan, cansadas de su celo—. En su ciudad natal, Evelyn había causado estragos. Se pusiera lo que se pusiera, y la fotografiaran con lo que la fotografiaran, el resultado era inmediato, y el éxito, seguro. Pese a su temprana edad, Evelyn Nesbit era un imán. Pero básicamente lo era para los hombres. Podía ser una niña, pero no lo parecía. A todo aquel que llevara pantalones le provocaba una reacción global, le atrapaba, le seducía. Así que Nueva York centelleó para la primera Lolita de su emporio. Joel Fender fue el fotógrafo que la lanzó al estrellato en la ciudad de los rascacielos, utilizándola como modelo para lucir sombreros, zapatos, vestidos, etc. Los periódicos publicaron con avidez esas fotos. Pero el público a quien convirtió en una diosa fue a ella. Fue bautizada como "la modelo más hermosa de Estados Unidos". También se convirtió en la primera *pin-up*. Sus fotos eran el secreto oculto de muchos jóvenes cuando aún no se habían inventado los pósteres. El siguiente paso de Evelyn fue el mundo del espectáculo: corista en el musical *Floradors*, un pequeño papel en *The wild rose*... hasta que aceptó ser la protegida, y amante, de un famoso arquitecto llamado Stanford White. Evelyn tenía dieciséis años y él cuarenta y siete, además de una esposa. El escándalo marcó su vida a partir de aquí.

»El modelo Evelyn Nesbit se ha perpetuado desde aquel comienzo de siglo. Hubo cambios, pero las *tops* continuaron siendo las reinas. En los años veinte se intentó que ellas no apartaran la atención del producto que anunciaban. Fue un vano intento. El diseñador francés Paul Poiret llegó a prohibirle en cierta ocasión a una periodista inglesa que hablara con una modelo. Le dijo: "No hable con las chicas. ¡Ellas no existen!". Pero sí existían. A partir de los años cuarenta, el término *supermodelo* o *top model* ya comenzó a ser habitual. Con Cindy Crawford, *El rostro*, los años ochenta acabaron encumbrando lo que ya en los sesenta y los setenta era una señal de identidad».

—¿Es un buen artículo? —oí comentar a una voz a mi lado.

Odio a los pelmas que quieren hablar en los aviones.

—*Sorry, I don't understand* —dije, suplicando que no supiera inglés.

No lo sabía.

Volví a mi apasionante lectura.

«¿Qué diferencia a una *top* de una modelo vulgar? En primer lugar, un halo invisible que la hace distinta, que enamora al espectador, a la cámara, y que transmite la sutil droga del deseo. El deseo, sí. Una *top* ha de tener nervios de acero, ser camaleónica, parecer siempre distinta aun siendo ella misma, mostrarse vulnerable pero también altiva, y mezclar sentimientos como la tristeza con la desvergüenza, el carácter de una diosa con la ternura de una novia. Venden imagen, pero además se venden a sí mismas. Son el sueño de las mujeres que quieren ser como ellas, y de los hombres que quieren poseerlas. Se supone que tienen cuerpos perfectos, moldeados por la madre naturaleza en una sutil combinación de armonía y estallido de los sentidos. Son "productos acabados" al milímetro. Pero incluso la perfección puede mejorarse. Por eso ellas hoy se operan la nariz, los pómulos, los labios, se hacen ampliar la frente, se quitan los dientes del juicio o los molares inmediatos a ellos para que sus rostros sean más afilados y, por encima de todo, potencian esa palabra que antes he citado aparte: *deseo*. Su arma. Una actriz seduce desde la pantalla con un buen papel, pero una modelo solo puede hacerlo desde una foto o desde una pasarela. Todo ha de ser más rápido, pues. Deseo al instante. *Shock*.

»¿Qué es el deseo? Piénsenlo. Rubens pintaba mujeres gordas y se decía que en ese tiempo los hombres las querían carnosas. ¿Por qué hoy ha cambiado esto? ¿Por qué hoy muchas modelos parecen muñecas frágiles, a punto de romperse, y lo que potencian es su imagen lánguida, débil, triste y hasta ojerosa? ¿Por qué lo que podríamos llamar "el efecto Auschwitz"? Pues porque parte de su atractivo y reclamo es ese. Una mujer exuberante inspirará una clase de deseo. Pero una mujer muy delgada, casi evanescente, inspirará otro, y tan fuerte o más que el primero. La delgadez extrema despierta compasión, ternura, cariño... vulnerabilidad —esa es una de las claves—, tanto como fuertes emociones que van desde la posesión hasta, por asociación, la enfermiza idea de la muerte, que, no lo duden, continúa siendo un poderosísimo reclamo social. ¿Cuántos son los ídolos juveniles que han muerto en la plenitud, en los últimos cincuenta años? El encanto de la destrucción acompaña a la adolescencia y la juventud como la marea a la luna. "Vive deprisa, muérete joven, y así tendrás un cadáver bien parecido", dijeron los Rolling Stones. Y sigue siendo así».

—Señor...

Tuve que dejar de leer. La azafata, una morenita no precisamente delgada y sí muy consistente, me tendía la bandeja con mi comida, envuelta en una sonrisa. De todas formas, no tardé más allá de cinco minutos en dar buena cuenta del refrigerio.

Y volví a mi artículo.

«La mayoría de las modelos actuales se inicia a los doce o trece años, y pueden explotar entre los quince y los diecisiete local o internacionalmente. En un mundo en el que, a los veinticinco, ya eres vieja, todo pasa muy rápido. Esas niñas, tuteladas o no por madres ansiosas, carecen de supervisión psíquica, no van a la escuela, trabajan quince horas diarias, tienen el *jet lag* —cambios de horarios entre continentes— perpetuamente instalado en sus vidas, y su tensión les provoca un estrés que cuando se inicia no cesa. Algunas lo dominan, otras no pueden. En contrapartida, ganan mucho dinero, son famosas, viven romances con estrellas del rock o del cine, y por lo general se casan con hombres poderosos. Pero el reverso de la moneda no las abandona. Las *tops* anoréxicas y bulímicas son las que peor lo tienen. A comienzos de los noventa se impuso el *Heroin chic look*, es decir, la imagen chic, de moda, creada por la adicción a la heroína o inspirada por ella. Cuerpos filiformes. De vuelta, pues, a lo enfermizo como reclamo. La muerte por sobredosis del fotógrafo Davide Sorrenti, en primavera de 1997, hizo que hasta el presidente Clinton alertara desde la Casa Blanca sobre los peligros del *Heroin chic look*, advirtiendo a los fotógrafos, los diseñadores y las revistas de moda que no potenciaran la muerte a través de sus páginas, porque las modelos superdelgadas incitaban a ser imitadas a cualquier precio, especialmente por las adolescentes. Sorrenti, de veinte años, sufría de thalasemia, un desorden genético en la sangre que le obligaba a hacerse dos transfusiones mensuales, lo cual le hacía parecer mucho más joven de lo que era. Su misma novia, James King, reconoció drogarse desde los catorce años, es decir, desde que empezó a trabajar como modelo.

»No son hechos aislados. Las grandes agencias han tolerado el uso de drogas en sus modelos para venderlas mejor. Es una cadena. La heroína está en las pasarelas, y nadie va a quitarla de ahí fácilmente. Lo curioso es que esas mismas agencias acusaron en su momento a los fotógrafos, los estilistas, los directores de arte y los editores, tanto como a los diseñadores, de crear una imagen positiva de la heroína en sus pupilas. ¿Pero hablamos solo de heroína o cocaína? No. La célebre protagonista de *Cuatro bodas y un funeral*, la actriz Andie MacDowell, reconoció haber tomado primero pastillas para adelgazar, y cocaína después para mantenerse delgada. También tenemos el famoso Alprazolan, el tranquilizante de moda para las chicas de la pasarela, que ayuda a contrarrestar el estrés. Cuando no se puede comer, dormir y descansar el tiempo necesario... Pero un par de pastillas de más, ingeridas con alcohol, bastan para matar. ¿Y qué decir del GHB, tan de moda a mitad de los años noventa? El GHB se utiliza como sedante y anestésico en medicina. Se obtiene... —atención— de la síntesis de un disolvente empleado para limpiar circuitos eléctricos. Se convirtió en una droga barata y fácil de conseguir, y provoca un estado de euforia. Pero ya en 1993 el actor River Phoenix murió a causa de una sobredosis de GHB. Es solo un detalle.

»Muchas modelos, con unos kilos de más, perderían su estatus —el mismo contrato de Miss Universo estipula que si la ganadora del certamen engorda un 5 % de su peso durante el año de reinado, perderá la corona—. Y no hay cuerpo que en la adolescencia no sufra cambios, ni cuerpo que en diez años no experimente una mutación, un ligero aumento de formas... que en el caso de una modelo puede llevarla al paro. Todas piensan: "Ya me recuperaré cuando lo deje", sabiendo que es una carrera corta de diez años. Pero luego es imposible dejarlo. Y el daño no se lo hacen solo a sí mismas, sino a los millones de chicas que quieren ser como ellas. Con diez y hasta con nueve años de edad, un 12 % de las niñas ha iniciado ya algún tipo de dieta. Tres de cada cuatro jóvenes de entre catorce y veinticuatro años de edad han seguido algún régimen. Muchas de esas preocupadas chicas acaban en brazos de la bulimia o la anorexia, que les deja huellas irreversibles, cuando no las conduce a la muerte.

»¿Por qué lo delgado vende hoy en día? La respuesta a esta pregunta debemos hallarla en...».

—Señores pasajeros, dentro de unos minutos...
Estábamos en París.

13

100 Vicente Molins, el padre de Vania, estaba en una silla de ruedas a sus setenta y cinco años. Frederick Dejonet, el hombre que llevó a Cyrille a París, tenía ochenta y, por contra, tenía aspecto de rondar tan solo los sesenta.

Alto, con *glamour*, clase, elegancia, me recibió en el jardín de su villa, a las afueras de París, en dirección al Charles de Gaulle. La primavera en París dicen que es más primavera. No estoy de acuerdo, pero reconozco que el día era muy agradable, y que vivir como vivía el señor Dejonet ayudaba. De lejos vi a un par de mujeres, treintañeras, pero no quise pensar mal. Frederick Dejonet había sido *playboy* y aventurero, «profesiones» que no estaba seguro de si seguían siendo válidas a su edad, aunque visto su buen aspecto...

Lo sorprendente fue que me recibiera sin más, con solo darle mi tarjeta al mayordomo, o lo que fuera, que me abrió la puerta. Luego pensé que, para mucha gente, estar en el escaparate durante años y dejar de estar debía de ser duro. Si es que él ya no estaba.

—Periodista y español —me sonrió con seguridad al darme la mano—. ¿Para qué puedo ser interesante en su país?

—¿Cyrille? —dejé escapar con cautela.

Sonrió. Lo hizo con nostalgia, con placer, con satisfacción, con ternura.

—Cyrille —suspiró—. Claro, claro.

Me invitó a sentarme. El porche era amplio; las sillas, acolchadas, muy cómodas; la vista de la piscina, magnífica. El mayordomo esperó displicente a que su amo y señor me preguntara:

—¿Ha desayunado ya, señor Boix?

—Sí, en el hotel. Gracias.

—¿Desea...?

—No, no, muy amable.

El cumplido asistente se retiró y nos dejó solos. Frederick Dejonet vestía un traje impecable, americana azul oscuro, pantalones blancos, camisa azul ciclo abierta, pañuelo en el cuello, zapatos, también blancos, sin calcetines. Eran las diez de la mañana y parecía a punto de salir para una excursión en yate o un torneo de polo.

—¿Dónde ha estudiado francés? —se interesó.

—Primero en la escuela, pero después... viajando.

—Ah, viajar —elevó los ojos al cielo—. Ahora ya casi no viajo, ¿sabe? Creo que es el mayor de los placeres. Una persona no aprende nada si no viaja. Una vez les dije a mis hijos: «No volváis hasta que no hayáis recorrido por lo menos cien mil kilómetros» —volvió a referirse a mi francés—: Tiene buen acento. ¿Sabrá también inglés, italiano...?

—Y algo de alemán, portugués... además de las lenguas de mi país, aunque el euskera se me resiste.

Se echó a reír. Me encantó. Daba la impresión de disfrutar de mi presencia. Eso facilitaría el diálogo. Antes de conocerle no tenía ni idea de si le iba a resultar agradable, doloroso o indiferente hablar de Cyrille.

Él mismo retomó la conversación en el punto que me interesaba.

—Cyrille, Cyrille, Cyrille —exclamó.

Sabía que lo preguntaría igualmente, así que se lo dije yo:

—Nuestra revista está publicando un artículo sobre las Wire-girls.

—Bueno, yo solo aparezco al principio de la historia de Cyrille —justificó que no pudiera contarme mucho.

—Pero pienso que, en su caso, ese principio es lo más importante.

Me di cuenta de que empezaba a retroceder por el túnel del tiempo. Sus ojos dejaron de mirarme a mí para asomarse a su interior, a sus recuerdos. Se acomodó mejor en su butaca de jardín.

—Nunca olvidaré aquel día, desde luego. No era más que una niña, pero... —cerró los ojos—. Qué hermosura, qué delicadeza, qué tono. Apareció ante mí, en casa de mi buen amigo Harry MacAnaman, y fue como si diez mil años de historia de África se concretaran en su cuerpo y en su imagen. Aquella belleza única, explosiva, natural, en bruto, todavía sin modelar. Aquella piel azabache, aquellos labios tan perfectos, aquellos ojos de mirada tan inquisitiva. Era la mujer perfecta —volvió a abrir los ojos para mirarme y suspiró de nuevo—. Puede que le parezca absurdo, señor Boix, pero fue como le digo, y me enamoré de ella al instante. Ya ve. Tenía sesenta años, y ella, catorce, aunque la edad no contase. No en ese momento, por extraño que le parezca.

—No me parece extraño. La mayoría de las modelos de hoy son niñas, y muchos hombres ven lo que anuncian y las desean, a veces sin saber que tienen quince años. El maquillaje o la ropa las hace parecer mucho mayores.

—Conoce usted la historia de Cyrille, supongo.

—Sí.

—¿Se lo imagina? —me apuntó con un dedo inquisidor—. Todo lo que pasó antes de que mi amigo le diera un trabajo y yo me la trajera a París... Una vida entera, un infierno. Decían que su belleza era diferente, que inspiraba ternura, pero que era fría. ¿Cómo no iba a serlo? ¡La mataron siendo una cría!

—Debe de ser duro que tu propio padre te venda por unos camellos.

—¡No es solo eso! —se envaró—. Cyrille estaba muerta en vida, no podía amar a nadie. Por eso yo fui importante para ella, porque la cuidé como nadie lo había hecho. Y por eso fueron importantes Jess Hunt y Vania, porque se convirtieron en sus hermanas, su familia.

—¿Por qué dice que estaba muerta en vida?

—Señor Boix —frunció el ceño—, ¿acaso ignora que le hicieron una ablación de clítoris cuando tenía nueve años?

No lo sabía. Nadie lo había escrito jamás. Era la primera noticia.

Me estremecí sin poder evitarlo.

Si hay una práctica ancestral que me parece aberrante, brutal, odiosa y dramática es la de la ablación de clítoris en algunos países africanos o de religión islámica. Cada año, en diciembre, mientras una parte del mundo celebra la Navidad; en otra parte, a miles de niñas se les amputa el clítoris para anularles el deseo, para que no sientan el placer sexual, para convertirlas tan solo en máquinas reproductoras. A fines de 1997 en Egipto se había prohibido finalmente por ley la ablación de clítoris, para monumental enfado de los radicales islámicos.

Solo que Egipto no era más que un país, y en las aldeas, tanto como en el silencio de las casas de las grandes ciudades, las ablaciones seguían, y seguirían, y seguirán.

Tradiciones.

—Ya veo que no lo sabía —asintió Frederick Dejonet.

—No —exhalé.

—Entonces, lo entiende, ¿no es así? Se convirtió en una de las mujeres más deseadas del mundo, y el contrasentido era que ella no podía sentir ningún deseo. Jess Hunt tuvo una vida azarosa, y Vania, aunque menos, también. Amaron y fueron amadas. Cyrille, no. Era fría. Pese a lo cual pasé con ella los mejores momentos de mi existencia; ¿puede creerme?

—Cuando la perdió, debió de pasarlo mal.

—No llegué a perderla del todo —se defendió—. Lo que pasó fue que un día la vio por la calle Jean Claude Pleyel y la naturaleza siguió su curso. Nada menos que él, dueño de la Agencia Pleyel, en persona. Era una oportunidad. Cyrille tenía quince años y él le puso el mundo a sus pies. Aceptamos. Y vea que hablo en plural. Aceptamos. Yo no podía tenerla en casa, encerrada en una urna. Ella necesitaba abrir sus propias alas. En dos años ya era una gran modelo, no tuvo que aprender nada. Le ponían cualquier ropa y le decían: «Camina». Y ella caminaba. Le ponían algo en las manos y le decían: «Posa». Y ella posaba y vendía ese producto. Tenía magia.

—¿Quién le puso el nombre?

—Pleyel. Yo ya me he habituado a llamarla Cyrille. Pero para mí era Narim.

—¿Tuvo Cyrille algo que ver con el inglés que le dio trabajo en Etiopía?

—¿Harry MacAnaman? ¡No! Harry tenía una esposa muy agradable y cinco hijos. Cuando le propuse a Narim..., a Cyrille, llevarla conmigo a París, ella aceptó sin dudarlo, y él lamentó perder a una buena empleada, porque se llevaba muy bien con sus niñas.

—¿Cómo la convenció?

—Le ofrecí el mundo —se encogió de hombros—. Le mostré una fotografía de la Torre Eiffel y le dije que podía ser suya. Lo primero que hicimos al llegar fue visitarla y subir hasta la parte más alta. Estaba entusiasmada. A su modo, yo fui el primer amor de su vida. Y no quisiera que me interpretara...

—Descuide —le tranquilicé.

—Mi amigo MacAnaman fue una mano en la oscuridad. Él la rescató y le dio una oportunidad. Pero yo lo fui todo para ella. Padre, marido, amante, hermano. Después aparecieron Vania y Jess. Pero Cyrille siguió viviendo aquí, conmigo, hasta un par de años antes de su muerte.

—¿Se pelearon?

—No. Nunca. Pero ella ya pasaba más tiempo fuera que en casa. Tuve que dejarla marchar del todo. Nunca lo habría hecho por sí misma, así que se lo dije yo. Y no crea que fui generoso. Tan solo actué con algo de lógica, y también porque me enamoré de la que luego fue mi tercera esposa. Ella sí podía sentir placer.

Acostarse durante años con una persona tan fría, muerta, por hermosa que fuera, por perfecta que resultase... Volví a estremecerme.

—¿Fue Pleyel quien introdujo en el mundo de la droga a Cyrille?

—Sí —fue rotundo.

—¿Usted lo sabía?

—Al comienzo, no —bajó la cabeza—. Ese cabrón les daba heroína y cocaína a sus chicas, para que siempre estuviesen delgadas, para que no engordaran y también para tenerlas en un puño. Cyrille no me dijo nada, me respetaba mucho; pero un día empecé a sospechar. Estaban bañándose ahí —señaló la piscina—, las tres, y Jess Hunt desapareció cinco minutos. Cuando volvió parecía... qué sé yo. Nunca he tomado drogas, ¿sabe? Jamás.

Hablé con Cyrille, y lo confesó. Ella y Jess estaban muy colgadas ya. Vania no, lo suyo era anoréxico puro, aunque también tomara drogas a veces, me consta. Bueno..., lo de las Wire-girls fue un invento del propio Pleyel, así que tenía que mantenerlas esqueléticas para seguir con esa leyenda. Era su negocio. Maldito hijo de puta. ¿Sabe algo? —me miró con acritud—: Quien matara a Jean Claude Pleyel hizo bien. Ese cabrón arruinó la vida de muchas modelos, y no todas eran *tops* como Cyrille, Jess o Vania.

—¿No cree usted que le matara Nicky Harvey, el novio de Jess?

—¿Ese cretino? ¡No, santo cielo!

—¿Entonces... quién?

—No lo sé, pero Nicky Harvey... —repitió su gesto de asco—. No era más que un petimetre. Fuera quien fuera el que mató a Pleyel, le vino de perlas que ese chico fuera acusado, y aún más que muriera de una sobredosis antes de que terminara el juicio. Todo el mundo acabó incluso más convencido de que había sido él; pero si le hubiera conocido. ¡Por Dios! No, no, imposible.

—¿Cómo recuerda el último año de las Wire-girls?

—Con amargura, aunque lo que les pasó después a Jess y a Vania... a mí me dio igual. La primera en morir fue Cyrille.

—¿Sabe cómo pilló el sida?

—Una jeringuilla compartida. Solo pudo ser eso. No creo que fuera algo sexual.

—¿Entiende su muerte?

—Sí —asintió—. Todo lo que tenía Cyrille era su belleza, su éxito, su fama. Era su venganza contra el mundo, contra el padre que le hizo la ablación de clítoris y luego la vendió por unos camellos, contra los hombres que la deseaban sin saber que ella no podía desear a nadie. Su belleza lo era todo. Por eso se mató. No quiso verse destruida.

—¿Jess?

—Ya no lo sé —reconoció—. Tal vez estuviera afectada por lo de Cyrille y se pasó con la dosis, o tal vez fue una casualidad. ¿Cómo saberlo? Fue triste. Y tras eso se desencadenaron los acontecimientos: la muerte de Pleyel, la detención de Nicky Harvey, la muerte de Harvey... En el juicio, Vania estuvo tan sola... Yo la vi en él. Fui a un par de sesiones, aunque ni siquiera hablamos. Era como una sombra. Parecía a punto de quebrarse, o de desaparecer, de delgada que estaba. Piel y huesos. Un día dejé de oír hablar de ella y... hasta hoy. El tiempo ha pasado muy rápido, como siempre. Ni siquiera sé si está viva o muerta.

Me miró esperando que se lo aclarara, pero yo sostuve esa mirada sin saber qué decirle.

14

La hemeroteca del *Libération* estaba debidamente infor-
matizada, así que me costó poco encontrar todos los datos relativos al suicidio de Cyrille, la muerte de Jess Hunt,
el asesinato de Jean Claude Pleyel, la detención de Nicky
Harvey, el juicio y finalmente la muerte del novio de Jess
debido a otra sobredosis. Todo había sucedido allí, en París; por tanto, los medios informativos de una década antes lo habían cubierto con exhaustividad y rigor.

Disponía de tiempo, así que me lo tomé con calma.
Toda la tarde. Mi segunda cita en París, esta ya acordada,
era con Trisha Bonmarchais, la viuda de Jean Claude Pleyel y actual propietaria de la Agencia Pleyel. Eso sería al
día siguiente por la mañana. No me había costado mucho
conseguirla. *Zonas Interiores* es conocida en los lugares
adecuados de muchas partes. Incluso dispondría de unas
horas libres para darme una vuelta por La Défense o el
nuevo Louvre.

En torno a la muerte de Cyrille, de cuanto leí, nada
me sirvió en exceso. Los datos los tenía ya en mis archivos. La famosa *top* había sido encontrada muerta en su

apartamento parisino por su asistenta. La modelo había ingerido la noche anterior un cóctel de pastillas y fármacos diversos. No dejó ninguna nota, por lo cual no se supo inicialmente el motivo de su suicidio. Incluso se especuló con el factor «accidente» para justificar su deceso. Pero en días sucesivos las noticias completaron el cuadro. En primer lugar, la autopsia demostró que no pudo haber tomado todo lo que se tomó por accidente. En segundo lugar, apareció el médico que le había diagnosticado el sida. Dos y dos sumaron cuatro.

En las fotografías del entierro de Cyrille, vi a Jess y a Vania, a Frederick Dejonet, a Jean Claude Pleyel...

Era curioso: nunca se supo nada de los padres de Cyrille, es decir, de Narim Wirmeyd. Tal vez ni supieran que su hija se había convertido en una musa de la moda.

La información acerca de Jess Hunt era bastante más exhaustiva por el morbo de su fallecimiento, pero aún más por los acontecimientos posteriores. Jess había sido hallada muerta por su novio, Nicky Harvey, en su apartamento de las Tullerías. Hacía cinco meses de la desaparición de Cyrille y, según los indicios y declaraciones de «amigos y amigas» de la *top*, Jess estaba muy deprimida por lo sucedido. Los dos meses anteriores a su muerte los había pasado sin trabajar, hecha una ruina, y dos días antes del fatal desenlace ella y Nicky Harvey habían decidido ingresar en una clínica de desintoxicación. No tuvo opción de dar el paso. La sobredosis de heroína terminó con su vida. Harvey, hijo de una acaudalada familia californiana, estaba de viaje.

Tres días después de la muerte de Jess, alguien disparó de noche y en la calle a Jean Claude Pleyel. Dos balas en la cabeza. El dueño de la Agencia Pleyel cayó al suelo fulminado. Un solo testigo presencial, aunque lejano, manifestó haber visto huir a un hombre a pie, y después aseguró haber oído alejarse un coche. Nada más. La policía tardó menos de una semana en detener a Nicky Harvey, acusándole de asesinato. ¿Motivo?: matar al hombre que, según él, había metido a Jess en el mundo de la droga. Jess, a su vez, había pasado su afición a su novio. Las causas parecían, pues, de lo más genuinas, una venganza pura y simple. Pleyel era el mal, el diablo.

Pero Nicky Harvey, pese a no tener coartada alguna —aseguró que, afectado por la muerte de Jess, se había refugiado solo en una cabaña a las afueras de París—, juró y perjuró que él era inocente, que no había matado a Pleyel. Su insistencia se mantuvo hasta el día del juicio, pero el fiscal logró reunir no pocas pruebas incriminatorias en su contra: declaraciones de odio hacia la víctima, antes y después de la muerte de Jess, una amenaza telefónica confirmada por la recepcionista de la Agencia Pleyel y una visita furibunda a su casa, de la que fue testigo la esposa del asesinado, Trisha Bonmarchais. El cerco en torno a Harvey se cerró y, para cuando llegó el juicio, todas las cartas habían sido repartidas, y él no tenía ningún as. El fiscal, encima, se sacó un comodín inesperado: un médico aportó las pruebas de que Jess había abortado voluntariamente en Amsterdam, Holanda, exactamente un mes antes del suicidio de Cyrille. Según el médico,

Jess tenía todavía algunas dudas, pero Nicky Harvey, padre de la criatura, la obligó a hacerlo, y ella, sin voluntad apenas por su dependencia de las drogas, lo aceptó.

El mundo entero señaló al joven Harvey, de veinticinco años, como el niño mimado y malcriado capaz de todas las monstruosidades. El juicio entró en su recta final, pero el destino se reservó un último giro inesperado para dejarlo todo en el aire. Ni siquiera se supo si el jurado le habría declarado culpable o inocente. Nicky Harvey murió también de una sobredosis.

Alguien dijo que, pese a todo, estaba loco por Jess, y que sin ella...

Vi más fotografías: en el entierro de Jess, en las sesiones del juicio, en el entierro de Nicky...

Vania.

Una Vania apenas reconocible ya, con gafas oscuras, pañuelo en la cabeza, vestida de negro, frágil, breve. Me pregunté, incluso, cómo había podido aguantar la parte final de toda la historia en pie, cuando su delgadez, su extrema anorexia, hacía presagiar también para ella un final trágico.

Me quedé como hipnotizado delante de una fotografía que no conocía, que nunca había visto antes. Pertenecía a una de las sesiones del juicio de Harvey. El pie era sucinto: «Vania, la famosa *top* amiga de Jess Hunt, abandona visiblemente afectada la sala en la que se celebra la vista por el asesinato de Jean Claude Pleyel, después de saberse que la rubia americana había abortado en Holanda».

Junto a Vania había una mujer de mediana edad, negra.

Recordé las palabras de la tía de Vania y de Nando Iturralde: aquella era la criada, asistenta, secretaria, amiga, consejera y casi madre de la modelo.

Allí estaba.

Era la primera vez que la veía.

Y aquella foto no engañaba. La mujer negra protegía a Vania, la amparaba, la conducía, impedía que se le acercaran los fotógrafos, desarrollaba una suerte de energía total y absoluta. Vania caminaba con los ojos protegidos tras unas gafas oscuras, mirando al suelo. La otra era su ángel de la guarda, su guardaespaldas, la que se encargaba del resto.

Me pregunté qué habría sido de aquella mujer.

Ni siquiera sabía su nombre.

Es más, si no recordaba mal, Luisa Cadafalch me dijo que al casarse su sobrina le parecía que la asistenta se había ido, aunque no estaba segura.

«Confiar... solo confiaba en su criada. Bueno, ella decía que era más bien su "chica-para-todo", secretaria, asistente, protectora... Yo no sé de dónde la sacó. Era mulata, suramericana o algo así. Esa mujer la cuidaba, la protegía, la mimaba».

Aquella foto lo demostraba, y demostraba que seguían juntas. Hacía dos años que Vania se había casado y separado de Robert Ashcroft.

«De cualquier forma y dijera lo que dijera mi sobrina, era la criada y punto. Le tomó cariño y confianza, pero...».

Ya era tarde. Llevaba en la hemeroteca del *Libération* cuatro horas. Hice fotocopias de cuanto me interesaba, especialmente de las fotografías, y más aún de aquella en la que aparecía la asistenta de Vania, y abandoné el local para pasar mi segunda noche en París.

Aunque no tuviera el menor deseo de salir o hacer nada de lo que se supone que puede hacer un tipo de veinticinco años en la capital de la luz.

¿He dicho que prefiero mil veces Londres?

15

La Agencia Pleyel es una de las agencias de modelos más importantes del mundo. Lo sabía de sobra, claro; pero es que uno podía darse perfecta cuenta de ello con solo pisar la recepción de sus oficinas, o incluso con sentarse delante, en la calle, como vi que hacían varios adolescentes de ambos sexos, para ver entrar y salir a algunas de las mujeres más hermosas del mundo o algunos de los hombres más sexis. El desfile era incesante, y con ellas o ellos, pero básicamente con ellas, el del ejército de adláteres y acólitos que los acompañaban, desde estilistas a fotógrafos, pasando por peluqueros, maquilladores, amantes, periodistas o simples devotos. La agencia era el oasis en medio del desierto de la vulgaridad.

Otro mundo.

Otra galaxia.

Yo me sentí turbado cuando me detuve delante del mostrador de recepción. La misma recepcionista habría podido ser «Miss Lo Que Quisiera». A ambos lados de ella, las paredes estaban cubiertas de fotografías gigantes de las *tops* y los *tops* más destacados a lo largo de los más de veinte años de vida de la empresa.

Vania, Cyrille y Jess estaban ahí.

Le dije a la recepcionista *miss* que me esperaba la «Suma Sacerdotisa». Me hizo pasar a una salita de la cual fui rescatado a los dos minutos por otra belleza, ni más ni menos que oriental, con un exquisito *charme* francés. La oriental me dejó en manos de un secretario eficiente, el primer hombre que veía por allí. El siguiente paso fue conducirme por un pasillo mayestático, cubierto con portadas de revistas famosas, desde *Vogue* a *Cosmopolitan*. A través de algunas puertas vi a la consabida fauna y flora interna, los *bookers*, el personal de cada equipo de selección o de lo que fuera, y mesas atiborradas de papeles, ordenadores, diapositivas, fotografías y rostros de mujeres imposibles, cientos, miles de rostros. Nuestro paso no se detuvo hasta ser finalmente entronizado en el despacho de Trisha Bonmarchais.

En su tiempo había sido una notable modelo de pasarela y publicidad estática, influyente y con personalidad. Conservaba muchos de sus rasgos de *top model*, y había acrecentado esa personalidad con los años y su nuevo estatus de poder, especialmente desde que contrajo matrimonio con el dueño de la agencia. Bastaba con mirarla. Tenía la última edad perfecta de la juventud y la primera que conducía a la madurez plena, solo que en ella se fundían en un todo armónico, a pesar de la dureza de sus rasgos. Era alta, esbelta, delgada, angulosa y sofisticada. Cien por cien parisina, porque Trisha, pese a su nombre exótico, era de allí mismo. Por supuesto, una de sus facultades era la de tener memoria, requisito indispensable en su negocio. Otra bien pudiera ser un estupendo archivo. Pero aposté por la primera cuando me dijo:

—Tú debes de ser el hijo de Paula Montornés.

Me tendió una mano nada firme, de las que se sostienen flácidas o se besan, y no hice ni una cosa ni la otra. Solo la tomé y me incliné levemente, con educación. Le gustó el detalle. No sabía nada de su vida, pero aposté a que no era una viuda pasiva y desesperada. Bastaba con verla.

—Mi madre me ha hablado mucho de usted —mentí.

—La conocí antes de su accidente. Era muy buena.

—Sigue siéndolo, aunque ya no ejerce como antes.

Me indicó que me sentara en una butaquita, frente a su mesa, y ella hizo lo mismo detrás, en su trono.

—¿Tendrás suficiente con veinte minutos? —pareció marcarme el tiempo que me daba, aunque luego lo arregló—. Si no es así, no hay problema. Podemos comer juntos.

Me sentí halagado; pero le dije que no, que esperaba tener bastante con veinte minutos y no robarle...

—No me lo robas. Me encantan las entrevistas. Es una forma de publicidad —reconoció—. ¿Cuál es el tema?

—Vania.

—Oh —le cambió la cara. Seguramente esperaba algo distinto, sobre la agencia, o sobre sí misma. Pero estuvo perfectamente al quite—: Pronto hará diez años, claro.

—Así es.

—¿Qué quieres saber?

—No solo quiero centrarlo en la desaparición de Vania o las muertes de Jess y Cyrille. También quiero hablar de las modelos, de lo que son y lo que sienten. Creo que nadie mejor que usted para...

—Soy su madre, desde luego —asintió—. Desde que llegan aquí y son contratadas, me convierto en todo para ellas. Ha de ser así, o de lo contrario... Los hombres son distintos, sin olvidar que pocos se hacen famosos realmente. Las niñas, en cambio... —sonrió al emplear la palabra *niñas*—. La edad ha bajado mucho. Empiezan muy pronto. Siempre les digo lo mismo, que es un mundo duro, terrible, que no basta con ser bellas, que todo es trabajo, trabajo, trabajo. Y me escuchan, pero... Quién acepta las reglas al cien por cien cuando se tienen quince o diecisiete años. Se deslumbran, se sienten fuertes y seguras tanto como, en ocasiones, frágiles. Cualquier mujer entra en una tienda y es capaz de pasarse una hora probándose ropa solo para ver cómo le sienta, cómo luce. Las modelos hacen lo mismo: se prueban decenas de vestidos, los exhiben en una pasarela, es como un juego. Luego está la imagen. Mira esto.

Me tendió un *book* de una modelo que no conocía. Lo abrí y pasé varias páginas con bolsas de plástico, en cada una de las cuales había una portada de una revista o una fotografía publicitaria. Entendí lo que me quería decir. Se trataba de la misma modelo, pero nadie lo hubiera dicho. Una mujer, cien caras. Un rostro, cien imágenes.

—Son una y mil —lo hizo más grande Trisha Bonmarchais—. Para ellas es el máximo de la fantasía. Ser modelo es una religión. Fíjate bien en el detalle: es tan maravilloso que apenas dura. En el cine, una mujer llega a su esplendor a los treinta años. En el modelaje, a esa edad ya se es vieja. Pocas llegan activas: Elle MacPherson, Linda Evangelista, Cindy Crawford... y aun es porque se han diversificado, han hecho cine, otras cosas, que si no... Es tan duro que en el fondo todo está en contra. Si te enamoras, estás perdida. Si estás sola, estás perdida. Aviones, aeropuertos, ni soñar con tener un hijo, hombres que van a por ti pensando que pueden comprarte porque debajo de cada modelo hay una puta. Todo en contra, pero basta con el placer que se siente por dentro para superarlo, ¿entiendes? Una modelo de pasarela vive en esos minutos que está encima de ella casi toda una vida. Y otra que preste su rostro a una marca de perfumes sabe que su imagen será vista y admirada en todo el mundo. Eso, amigo mío, es poder. Y poder es placer.

—Siempre se dice que una modelo madura rápido, que en un año es como si vivieran diez.

—Cierto. Son adultas a los trece o catorce años, mujeres a los quince y diosas a los veinte. Eso es inasimilable. O maduran rápido o... La misma palabra lo dice: *modelo*. Son un modelo a seguir, a imitar. Todas las adolescentes quieren serlo. Saben que, en un mundo oscuro, ellas son la luz.

Hablaba con pasión de su mundo, con mucha pasión. Trisha Bonmarchais era una magnífica relaciones públicas de su universo, porque creía en lo que decía. Para ella no había nada más. Gente «fuera», o sea, «los demás», y gente «dentro», o sea, «ellos y ellas». La vulgaridad frente a la perfección. El consumo frente al gancho. La fealdad frente a la belleza. Lo gris de la vida frente al arte hecho imagen y sensación.

—¿Qué es lo peor para una modelo joven?

—La familia y los novios —dijo rápida—. Ser modelo exige una disciplina total, entrega total, vida total... y sentirse modelo las 24 horas del día, por dentro y por fuera. Por eso las modelos españolas tardaron tanto en despegar, y aún les cuesta. Y que conste que no es algo mío. Pregunta y te dirán lo mismo en todas las agencias. Las malas famas, por desgracia... La española es poco disciplinada, es impuntual, tiende a la pereza y escucha demasiado a la familia o al dichoso novio o los amigos. En este trabajo no puede haber novios, y la familia no tiene ni idea de lo que pasa. Antes te he dicho que yo soy su madre.

—¿Su marido era el padre?

—Por supuesto.

No sabía cómo abordar el tema de las drogas. Se había escrito tanto acerca de que Jean Claude Pleyel suministraba cocaína y heroína a sus chicas para tenerlas en forma, que pensé que no era necesario preguntarle a su mujer. Podía echarme a patadas.

Me desconcertó que ella misma...

—Todo aquello que se escribió al morir Jean Claude fue pura basura —dijo de pronto—. ¿Cómo iba a hacerles daño? ¡Es absurdo! Es la misma leyenda negra que acompaña al rock. Tú eres joven y lo sabes. Se asocia al rock con el sexo y las drogas. O a los escritores con las borracheras. Falso, falso, falso. En el mundo del rock han muerto muchos artistas por sobredosis, ¡de acuerdo! Pero nada más. ¿Por qué se magnifica? Muy simple: si muere por una sobredosis el vicepresidente de una marca de coches, la noticia ocupa un par de líneas en un periódico. Pero si se muere una *rock star*, es portada, y entonces la gente dice: «Claro, como todos son unos drogadictos». En la moda ocurre lo mismo. No todas las modelos delgadas toman drogas, ni todas son anoréxicas o bulímicas, ni todas soportan la presión, los viajes o las horas de trabajo con anfetaminas. Muchas son normales, con vidas normales, equilibradas y sumamente inteligentes. Pero basta que una o dos caigan para que el mundo crea que todas son iguales.

Me estaba «vendiendo» el producto, y lo hacía bien. Lo que decía tenía su lógica. Yo mismo lo había pensado a veces del mundo del rock. Sin embargo, la cuestión no era aquella. La cuestión, pese a todo, era que Jean Claude Pleyel había sido un cerdo. Eso sí se demostró en el juicio.

Pero ella era su mujer, así que no iba a sacarle nada por ahí.

Lo importante es que ya estábamos dentro de lo que a mí me interesaba.

—¿Quién mató a su marido? —le pregunté de pronto, aprovechando que parecía estar muy lanzada.

—No lo sé —dijo, sin plegar velas—. Te digo la verdad. Desde luego no fue aquel idiota. Los idiotas no van pegando tiros a la cabeza de la gente. Eso lo hacen los asesinos en serie, o los fanáticos, o los locos, como el que mató a Versace. Pero el novio de Jess Hunt... no, no. Absurdo.

Frederick Dejonet opinaba lo mismo. No parecía ser casual.

—Pero le amenazó. Fue a su propia casa; usted fue testigo de ello.

—Era un loco idiota, nada más —insistió segura.

—Se le juzgó por ello.

—No tenían a nadie más, y mi marido era demasiado importante. Había que buscar un cabeza de turco. Nicky Harvey era perfecto. Carecía de coartada, tenía el motivo..., bueno, el motivo que dijeron que tenía, claro. ¿Cómo iba a querer vengar a su novia matando al hombre que supuestamente la introdujo en las drogas, cuando la propia Jess le metió a él? Yo le vi en el juicio, y no era más que un drogadicto asustado, y un niño bien hasta aquí de porquería —se llevó la mano derecha en horizontal a la altura de la nariz.

—¿Después de la muerte de Nicky Harvey, hizo usted algo para que se siguiera investigando?

—Sí; pero la policía no me hizo caso. Dijeron que el caso estaba cerrado.

—¿Por qué desapareció Vania después del juicio?

—No lo sé.

—¿Cuándo fue la última vez que la vio?

—Antes de irse a la clínica para que la trataran por la anorexia. También hablé una vez por teléfono con ella mientras se recuperaba.

—¿Y después?

Hizo un gesto definitivo.

—Se acabó. Nunca más.

—¿Ni un mensaje, ni un indicio, ni una pequeña sospecha?

—Nada.

—¿Trató de buscarla, de ponerse en contacto con ella?

—Claro. Cuando supe que había abandonado la clínica la llamé para saber cómo estaba y darle trabajo. Tenía un montón de peticiones para ella.

—¿Por teléfono notó algo...?

—La noté cansada, afectada, eso es todo. Ya no volví a llamarla porque imaginé que lo que necesitaba era descanso, desconectarse dos o tres semanas del mundo.

Desconectarse.

Tuve una idea de repente. Algo que no se me había ocurrido hasta ese instante.

—¿Pudo saber ella algo diferente en relación con la muerte de su marido?

—No lo creo; pero en cualquier caso...

—¿Dónde estaba Vania cuando murieron Jess y luego su esposo?

—Cuando murió Jess, Vania se encontraba en Nueva York. Lo recuerdo porque nos llamó desde allí. No tenía pasaje para volver y quería hacerlo cuanto antes. Cuando murió mi marido, estaba aquí, con los padres de Jess si no me equivoco.

—¿Recuerda usted a la criada de Vania?

—¿A quién?

—Su criada, ayuda de cámara, secretaria; no sé, hacía un montón de cosas para ella.

—No, no. ¿Secretaria? Nunca hablé con ninguna secretaria de Vania.

Saqué la fotografía de mi bolsillo, es decir, la fotocopia del periódico que había hecho la tarde anterior, y se la tendí. Miró a la mujer negra sin que le cambiara la cara.

—Recuerdo haberla visto con Vania, sí, pero ni siquiera sabía que fuera su criada o... —se encogió de hombros y me devolvió la hoja. Después miró su reloj y dijo—: Me temo que...

—Sí, sí, lo siento. A veces...

—¿Por qué no te vienes hoy al desfile de Michel de Pontignac? Te sería muy útil para el reportaje. No solo puedo darte una invitación, sino meterte en el *staff* para que estés con las chicas en la peluquería y luego entre bastidores, viendo el *backstage* de un desfile. ¿Has estado alguna vez así en uno?

—No.

—Entonces está hecho. Michel no es Gaultier ni Lagerfeld, pero es uno de los genios emergentes de la moda. La mayoría de las chicas que va a utilizar son mías.

—Gracias.

Se puso en pie y me acompañó a la puerta. No sé cómo lo hizo, pero, antes de llegar a ella, ya apareció su secretario, dispuesto a satisfacer sus exigencias y darme lo que necesitaba.

16

Ya no tenía la tarde libre como pensaba, pero la alternati-
va era buena, muy buena. Y no solo por el reportaje, sino
por mí mismo. Nunca había estado en la trastienda de
un desfile de modas, con un enjambre de bellezas en la
peluquería, viendo cómo se transformaban, y después
en la antesala de la pasarela, siendo testigo del trajín, el
vértigo, la locura que permitía que luego ellas caminaran
frente al público, los fotógrafos y las cámaras de televisión como si el mundo se detuviera a su paso, sonrientes,
firmes y seguras. El trabajo de una temporada entera se
presentaba en veinte minutos. Excitante. Había oído hablar de ello, pero eso era todo. Y un desfile en el mismo
París...

Pensé en Sofía, en lo que daría por estar allí.

Por eso llegué al hotel, me tendí en la cama y marqué
su número. No sabía nada de ella desde su marcha de mi
apartamento y la pelea de la noche anterior. Nada. No
es que me sintiera culpable, pero tampoco había dejado
de pensar en lo sucedido. Le tiré la maldita droga, hubo
unos gritos, y después... Cuando la gente no habla, cuan-

do cada cual se escuda en su postura, es difícil entender el punto de vista del otro.

Y, además, me seguía gustando.

—¿Sí? —escuché su voz, aunque algo nasal.

—Sofía, soy Jon.

Pasaron tres segundos. No me colgó.

—Hola.

Su voz careció de entusiasmo, pero algo era algo.

—¿Qué te pasa?

—¿No me oyes la voz? Estoy resfriada.

—Lo siento.

—No importa. El novio de mi compañera casi se ha instalado aquí, y me ponen de los nervios. Ayer salí, llovió, me mojé...

—¿Por qué no fuiste a mi casa? Sabes dónde está la llave.

Cambió de tema sin más.

—¿Dónde estás?

—En París.

—Joder —la oí suspirar.

¿Le decía que estaba trabajando? Imaginé que sería un insulto. ¿Le contaba lo del desfile de moda por la tarde?

—¿Cuándo vuelves?

—No sé. Ya te dije que estaría fuera más o menos una semana. Mañana me voy a Nueva York, aunque con un poco de suerte no tendré que dormir en la ciudad y por la noche me largaré a Los Ángeles.

—¿Con un poco de suerte? No entiendo que haya una persona que no quiera quedarse en Nueva York. Aunque, claro, tú ya habrás estado más veces.

—Siento lo de la otra noche —traté de contrarrestar su deprimente amargura.

—Yo también. Era muy buena.

—No me refería a eso.

—Ya sé a qué te referías.

—No creo que te haga falta meterte nada en el cuerpo, no seas burra.

—Y yo no creo que tú debas meterte en mi vida, ¿vale?

—Somos amigos.

Escuché un ruido por el auricular, algo así como un suspiro de sorna o un bufido de irritación.

—Yo no me acuesto con mis amigos —me dijo.

—Por favor, escucha: cuando vuelva nos vemos. ¿De acuerdo?

—No sé si va a valer la pena.

—Puedo echarte una mano.

—No soy una interesada. Me gustaste tú, no lo que eres.

—También a mí me gustaste tú, no si eres modelo o secretaria.

Hubo un momento de silencio, muy breve, pero también muy denso y cargado de expectativas. Al otro lado del hilo telefónico, Sofía pareció rendirse de pronto.

—Escucha —dijo—: ya sé que las drogas no son lo que se dice saludables, aunque las controles. Pero es que si tuvieras que arrastrarte por todas las mierdas por las que me arrastro yo...

—Eso son excusas, y lo sabes.

—Tú trabajas en lo que te gusta, haces entrevistas, fotos, ves gente, viajas... Yo también quisiera hacer eso, trabajar en lo que me gusta, ser modelo, hacer cine.

—Es un trabajo, sí; pero mientras llega no deja de ser un sueño.

—Vamos, Jon.

—Los cementerios están llenos de tíos y tías que creyeron que podrían controlar las drogas. Llámame moralista si quieres, pero es como lo veo, y lo veo así porque he visto demasiado y solo tengo veinticinco años. Estoy investigando lo de las Chicas de Alambre, ¿recuerdas? Cyrille, Jess, Vania... Lo tenían todo, y antes de llegar a mi edad ya lo habían perdido. Y no estoy de acuerdo en que sea mejor vivir diez años en las estrellas que sesenta en la tierra. Todo lo que tenemos aquí es tiempo, y soy de los que quieren aprovecharlo al máximo: viviendo.

—Eres un idealista.

—Hace diez años yo estaba enamorado de Vania. Entonces sí era un idealista. Ahora soy la persona más realista que puedas conocer. Ya no me enamoro de pósteres, ni de chicas de película. Ahora me gustas tú.

La pausa fue mucho mayor.

—Puro carne y hueso —trató de quitarle importancia a mis palabras.

—Te llamaré cuando vuelva, ¿de acuerdo?

—Si no estoy, es que me he ido a las Maldivas, o a la Polinesia, a tomar el sol.

—Bueno, entonces esperaré a que vuelvas. ¿Qué tal está tu compañera de piso?

—¡Ni se te ocurra! —logré hacerla reír—. ¿Quieres morir en el intento?

—Un beso. Cuídate.

Estornudó sonoramente, y no era fingido.

—Vale —gimió.

Colgué al mismo tiempo que ella y me quedé en la cama cinco minutos más, pensando, o más bien dejando que mis pensamientos fluyeran libres. Cuando llenaron toda la habitación, los aparté de golpe y volví a concentrarme en el teléfono. Aún me quedaban unos minutos antes de tener que cambiarme de ropa y salir.

—*Zonas Interiores*, ¿dígame?

—Elsa, soy Jon.

—*Ooh-la-la* —cantó en el más puro estilo chic parisino.

—Deberías ver los Campos Elíseos. La primavera les sienta muy bien.

—Y tú deberías ver cómo está esto. El exceso de trabajo nos sienta de coña.

Me imaginé a Sofía con el buen humor y la mala baba positiva de Elsa. Una combinación perfecta.

—Vale, ponme con la jefa.

—¡Una de madre... marchando!

No podía estrangularla. Era buena. Más que buena, indispensable. Seguro que mamá la preferiría a ella.

—¿Jonatan?

—Agente 007 informando, señora —anuncié.

—¿Cómo lo llevas?

—Dejonet, muy bien. Trisha Bonmarchais... digamos que epatante. Me ha invitado a ver un pase de modas dentro de un rato, a eso de las siete. Y antes estaré con las chicas en la peluquería, viendo cómo se lo montan y de qué hablan.

—No alucines mucho.

—Tengo los nervios de acero y el corazón de piedra.

—Sí, ya —se burló ella.

—¿Crees que va a impresionarme estar rodeado por veinte o treinta de las mujeres más guapas del mundo? ¡Por favor!

—¿De quién es el desfile?

—De un tal Michel de Pontignac. No le conozco.

—Yo sí. Es un nuevo Gaultier pero aún más excesivo. ¿Me harás fotos?

—No. Voy de incógnito. Prefiero concentrarme en la trastienda.

—De acuerdo.

—Oye, ¿tú sabes cuántas casas o apartamentos tenía Vania?

—No, pero desde luego estaba el de París, porque leí que vivía más en él que en su piso de Barcelona. A lo mejor tenía también otro en Nueva York. Para una *top* sería lo más usual.

—Dile a Carmina que indague eso, ¿de acuerdo?

—Se lo digo.

—Mañana me voy a Nueva York; que me deje el recado en el hotel antes de irse esta tarde, si es que tiene algo.

—De acuerdo. Tengo otra llamada, Jonatan.

—Un beso, mamá.

—No te enamores de una modelo —fue lo último que le oí decir antes de colgar.

17

Era difícil no hacerlo.

Cuando llegué a la peluquería de Ivan, uno de los templos parisinos de la modernidad, las modelos todavía no habían llegado de la comida. Llevaban un ligero retraso.

—¿Tú eres Jon Boix, el periodista español? Trisha me ha dicho que te dé carta blanca, así que... a tu aire, sin problemas —me saludó el peluquero por cuyas manos pasaban las cabezas de las bellas—. Ah, fíjate en Marcia Soubel. Tiene solo catorce años y es la benjamina. ¡Es la última sensación!

Me contó que las modelos llevaban desde las diez de la mañana en el lugar del desfile, una antigua estación reconvertida como por arte de magia en pasarela de la moda, en Neuilly. Después de cinco horas de ensayos, porque el desfile «era complejo» y la ropa «una pasada» —palabras textuales—, habían ido a comer y estaban a punto de regresar. Todo el equipo de Ivan estaba dispuesto para dejar a las dos docenas de chicas visualmente perfectas. Se percibía una contenida tensión.

No tuve que esperar mucho. Apenas cinco minutos. Alguien dijo:

—¡Ahí están!

Y se disparó la adrenalina.

La de unos, laboral. La mía, anímica.

Llegaron en un autocar. Exactamente diecinueve mujeres por solo cinco hombres. Aunque ellos eran muy atractivos, me sonaron a complemento, a relleno. Ellas eran las reinas. Ellas eran el quid de la cuestión.

Y fue como si con ellas aquel mundo empezara a tener sentido.

Se desparramaron por las butaquitas de la peluquería unas y por el suelo o por las sillas, a la espera de su turno, otras. No había orden ni preferencias; todo dependía de la clase de peinados que fueran a lucir o la necesidad de un mayor o menor tratamiento estético. Lo curioso es que cada quien, desde ese momento, pareció saber cuál era su papel. No hacía falta un árbitro ni un director artístico, como en el desfile. Ivan, por su parte, se clonó, multiplicándose para estar en todas partes. Y lo conseguía, sin prisas pero sin pausas, con una eficiente profesionalidad, producto de muchas horas y muchos pases y muchas...

Las observé, una a una, con detalle.

Y me quedé bastante impresionado.

No solo una buena parte de ellas era de lo más normal, dentro de los cánones de la belleza, sino que algunas, por lo menos dos, eran incluso... feas.

Asexuada y escuálidamente feas.

Creía que enloquecería mirando a tantas diosas juntas, el mayor número de mujeres hermosas por metro cuadrado reunidas ante mí a lo largo de mi vida, pero el primer golpe de vista fue demoledor. Algunas, sí, eran adolescentes o jóvenes que, hasta sin maquillar, brillaban con espléndida intensidad. Tenían morbo. Pero el conjunto no pasaba de discreto. Llegué a pensar que el tal Michel de Pontignac las buscaba neutras, sofisticadas, extravagantes, pero no bellas. Tampoco había ninguna Naomi Campbell, ninguna Claudia Schiffer, ninguna Eva Herzigova. Todas eran desconocidas para mí.

Me lo tomé con calma. Hice un primer contacto visual genérico, y después puntual. Comencé a pasear por entre aquel hervidero, sin interferir en nada, como me había pedido Ivan. Trataba de ver, de comprender, y también de oír.

Había algunas conversaciones triviales.

—Estuve ocho horas de pie, y él como si nada, probando, cambiando colores, telas, poniéndome y quitándome cosas, pendientes, adornos... En un momento dado me pinchó con una aguja y dije: «¡Ay!». Entonces me pidió perdón y le respondí: «No, tranquilo, así he visto que aún tengo sensibilidad en el cuerpo». Y es que ni sabía la hora que era. Está loco.

—Pero me encanta lo que hace.

—Ah, eso sí. Su último desfile fue una pasada.

Las que estaban sentadas ya, con una peluquera o peluquero trabajando su cabello, observaban cuidadosamente lo que se les hacía. Las que preferían leer una revista o un libro se ausentaban de todo. Sabía que las horas muertas son muchas, y que todas están acostumbradas a ello, pero constaté su paciencia. Su trabajo no terminaba hasta que concluía el desfile.

—¿Qué estudias?

—¡Japonés! Chica, tengo mucho trabajo allá, y no me entero de nada.

—Pero si tú hablas cinco idiomas.

—Bueno, porque se me dan bien. Por eso mismo lo hago. A ellos les gusta que les diga cosas en su idioma.

Ivan estudiaba el rostro de una muchacha de unos diecinueve años, de casi metro noventa. Para mí, era de las más bellas.

—Te disimularé estas ojeras con un poquito de maquillaje.

—Es que no he dormido más que cuatro horas. Ayer pasé veinte entre vuelos y aeropuertos. Falló un enlace en Dubai, ¿sabes?

Llevaban batas blancas unas, y vestían su propia ropa de calle, informal y discreta, otras. Cabellos largos, cabellos cortos, ojos de mirada intensa, labios carnosos sin faltar en ninguna, pechos apenas existentes en la mayoría, manos de largos dedos... Busqué la que me había dicho Ivan, Marcia Soubel. No me costó dar con ella. Sin maquillaje era lo que era: una hermosa niña de catorce años. Precisamente, en ese momento, estaban iniciando su conversión.

Me la quedé mirando mientras escuchaba otra conversación.

—Tú eres Beth Adams, ¿verdad? Soy Jacqueline Drew. Te vi en la campaña de Viremus. Muy buena.

—Yo te he visto hace unos días en la portada del *Bunte*. ¿Qué tal?

Fumaban. Todas fumaban.

La conversión de Marcia Soubel fue vertiginosa. De niña a mujer en cinco minutos. Debía de medir ya metro setenta y cinco o setenta y siete, largas piernas, carita muy dulce. Su madre estaba cerca. Lo supe porque llevaba un *book* de su hija entre las manos, dispuesta a enseñárselo al que quisiera. Cuando se levantó de la silla, me habría enamorado; es decir, me enamoró. Le habría echado fácilmente veinte años.

La conversión del resto de las chicas fue más o menos igual.

Las dos que me habían parecido feas se transformaron en dos mujeres sofisticadas y elegantes. Las que eran guapas se salieron. Las jóvenes reventaron. No hubo milagro de panes y peces, pero sí de exuberancias visuales. En algunas bastaba un pequeño toque para potenciar su morbo o producir un estremecimiento. Cuerpos ágiles, formas breves, expresión. Mientras ellas crecían, yo menguaba. Comenzaba a entender muchas cosas.

—¿Te has cambiado la imagen?

—Sí, ¿te gusta?

—Te favorece, sí. El corte de pelo es genial.

—Fue en Nueva York. Tuve un repente.

Alguna correspondió a mi mirada. No es que fuesen sofisticadas, pero, habituadas como estaban a los mirones, me devolvían una de total indiferencia. Marcaban distancias. Actuaban a la defensiva. Parecían hasta aburridas.

Y pasaban de todo. El mundo giraba a su alrededor. No al revés.

Creo que para ellas solo había alguien superior: el creador que las contrataba y, tal vez, la agencia que las tenía en nómina.

—Te he enviado dos o tres faxes...

—Hace un mes que no voy por casa. Me compraré uno de esos portátiles porque si no...

Quedaba poco tiempo, pero una a una iban saliendo de la gestación estética o, mejor dicho, del reciclado visual. Ellas mismas se maquillaban o se retocaban después. Los cinco chicos daban la impresión de vivir ajenos a eso, aunque eran cinco especímenes de primera. A su lado, yo era una fotocopia.

—¡Vámonos... al autocar!

Las mujeres que habían entrado ya no tenían nada que ver con las que salían. Marcia Soubel, como Vania, Cyrille o Jess en su día, brillaba desde sus catorce años de esplendidez. Cuando salimos a la calle, el tráfico entró en colapso. Nadie dejó de mirar. Los que iban a pie contemplaron el desfile. Los que iban en coche pararon para atender a algo más prioritario. Entramos en el autocar, modelos y legión de peluqueros y peluqueras armados con sus aperos de trabajo, y tuve suerte: me senté al lado de una de las modelos, solitaria y taciturna. Parecía de las más discretas... si es que algo allí podía ser discreto.

Me presenté y, de camino a la estación del desfile, me contó algunas cosas más. No le importó que las anotara. Algunas eran reveladoras:

«Cuando salgo a la pasarela, puedo comerme el mundo. La timidez y los nervios desaparecen». «La edad no importa. Has de tener ilusión, ganas. Cuando la gente me mira y me admira, me siento bien». «No quería ser modelo, no lo pensé. Pero me lo ofrecieron y... ahora me entusiasma». «Las *tops* ganan millones y se les suben los humos. Yo antes era muy cerrada y ahora soy más abierta. Se madura antes». «Cuando hago una sesión de fotos estoy muy contenta porque he superado la elección: el trabajo ya es mío, no he de competir. Pero haciendo fotosesiones te quemas antes: la gente te ve y te asocia con una marca, así que no te quieren para otra. En la pasarela, cuanto más te ven, más te llaman y te desean». «Me encanta conocer gente. Es lo mejor». «Por mi forma de cara, trabajo más fuera de Francia que aquí». «Viajo siempre sola. Eso sí es aburrido. En los aeropuertos, aunque vayas normal, los hombres saben que eres modelo y te asaltan». «Nos lo contamos todo, es importante. Un buen trabajo, un mal modisto, un buen fotógrafo... Hemos de protegernos unas a otras». «¿Por qué siempre nos casamos con gente mayor, de dinero o famosa? Será porque no se acercan a nosotras chicos normales, o porque maduramos demasiado y muy rápido. Creen que somos inaccesibles. Bueno, no es mi caso...».

Cuando llegamos al lugar del desfile, el mundo cambió. En la peluquería todo había sido calma dentro de las prisas. Allí ya no hubo ni un segundo de relajamiento. El director artístico tomó de nuevo el mando de la tropa. Las vestidoras y costureras se pusieron en movimiento. Cada modelo buscó en la zona de *boxes* el lugar en el que estaba su ropa, su pequeño espacio vital. El lugar era largo y angosto, y los vestidos, en los *boxes*, colgaban de las «burras», unos percheros de hierro. Cada «burra» tenía todo el conjunto, incluido zapatos, y el número de orden en el desfile. Asimismo, vi que cada modelo pasaba un mínimo de tres vestidos. Cinco las que más. Las vestidoras, ataviadas de blanco, se colocaron al lado de sus modelos, una por cabeza, para ayudarlas en todo. Los peluqueros siguieron atendiéndolas, mientras Ivan se instalaba en un mostrador más grande, al lado del acceso a la sala de la pasarela. Ya había gente.

Comenzó la primera puesta a punto. Las modelos se desnudaron. Solo algunas se pusieron de espaldas o se taparon el pecho, muy pocas. La calidad, belleza y lujo de sus ropas interiores rivalizó con la que iban a ponerse. Ahí pude ver, en global y muy de pasada por la rapidez con la que lo hacían todo, sus cuerpos, delgados, algunos en exceso, como en su día lo fueron los de Vania, Jess y Cyrille. Nuevas Chicas de Alambre. Después, la fantasía de los diseños de Michel de Pontignac tomó el relevo. Gasas de colores sin nada debajo, lentejuelas nada discretas, mucha carne al aire libre, mucha piel desnuda... Marcia Soubel, que a sus catorce años no podía entrar a ver según qué películas, llevaba uno de los más descarados: dos pequeños taponcitos en sus pechos y un triángulo entre las piernas, con un tul blanco y transparente por encima. Su madre la miraba orgullosa. Al día siguiente el mundo entero la vería así, prácticamente desnuda, y nadie diría que se trataba de una menor. Era una modelo.

—¡Cinco minutos!

Ya estaban a punto, pero era el momento de los nervios finales. Retoques, ajustes, consejos...

—¡Ya sé que no puedes andar bien! ¡Ya sé que puedes caerte! ¡Pero hazlo, y recuerda: pasos cortos, caderas fuera, movimiento! ¡Mucho movimiento para contrarrestar los pasos cortos!

Era Michel de Pontignac, cabello tintado en verde, una camiseta ajustada y dorada, hasta un poco más arriba del ombligo, pantalones rojos y zapatos con tacones y alzas de cinco centímetros.

—¡Vamos, vamos, Agatha, que eres la primera! ¡En posición!

Era mi primer ritual. Pero para los demás no y, en cambio..., lo mismo que en mí, daba la impresión de ser también el primero para casi todos y todas.

A través del monitor interior, el director artístico contempló la sala, rebosante de gente, con las cámaras de los fotógrafos y las televisiones al fondo, y las primeras filas, a ambos lados de la pasarela, con la gente bien del momento, el «todo-París», o el «todo-todo» en el mundo de la moda internacional. ¿No había dicho Trisha que Pontignac era uno de los genios emergentes del momento?

—¡Dentro, música!

Comenzó el desfile.

Y durante veinte minutos, puede que veinticinco, ellas salieron, caminaron, alucinaron al personal, regresaron, se cambiaron, mientras las siguientes lucían sus palmitos y sus ropas, y de nuevo salían las primeras, y así, sin solución de continuidad. Y lo mismo ellos, los cinco efebos musculosos herederos de los apolos griegos y romanos. Cada vez que entraba una chica, se la ayudaba a desnudarse y colocarse el siguiente vestido, e Ivan o alguno de los suyos la retocaba, y a lo peor una costurera le echaba un toque hasta el mismo momento de volver a salir.

Casi parecía imposible que todo saliera bien, pero salió. Perfecto.

Ninguna tropezó, ninguna desentonó. Funcionaba.

—¡Última salida!

Y el colofón. La música subió de tono, arreció en forma de fanfarria. Los trajes más llamativos, al final, incluido un imposible traje de novia en gasas multicolores transparentes con bragas y sujetador blancos. Lo llevaba la debutante: Marcia Soubel.

Llena de orgullo.

Después, los aplausos, las modelos sacando a un «sorprendido» pero feliz Michel de Pontignac, la gente puesta en pie. La consagración, o la locura. Y también el sueño. La ilusión de haber creado una fantasía. Me preguntaba quién se pondría todo aquello. Pero esa era la pregunta menos importante. La fiesta era la fiesta.

Las modelos, las reinas, diosas oficiantes.

Solo entonces, cuando todo pasó, cuando la pasarela cerró la luz y el mundo de la trastienda se aisló de nuevo del exterior, vi cómo tres de las chicas hablaban con tres de los modelos, y cómo otra le hacía una seña a un cuarto indicando que luego se verían. El resto se cambió a toda prisa. Oí algo de «me está esperando mi novio», y «me voy a dormir, que mañana salgo para Milán», y «tengo una cena con...».

Volvían a ser hombres y mujeres, vivos, humanos, con instintos.

Me di cuenta de que estaba agotado. Física y mentalmente agotado.

18

142   Cuando el avión despegó con destino a Nueva York, aún tenía la resaca de la tarde anterior en la cabeza.

No, no cené con ninguna modelo. Sofía estaba en Barcelona, y no era una de aquellas. Salí de allí, de la estación, en Neuilly, solo, y caminé por París, sin rumbo aunque en dirección al centro, a la plaza de Charles de Gaulle en la que comenzaban los Campos Elíseos, hasta que me metí en un restaurante, y anoté mis impresiones a lo largo de una hora. Cuando llegué al hotel me encontré con el mensaje de Carmina y una dirección: la del antiguo apartamento de Vania en París.

Ya era tarde, así que me acosté, y antes de tomar el vuelo París-Nueva York por la mañana, pasé por allí. Los nuevos inquilinos no estaban, y el conserje, un tipo muy estirado, me dijo que llevaba en su puesto solo tres años. Ningún dato, ningún indicio. Y no era cuestión de llamar a los vecinos, teniendo en cuenta que era un edificio de lujo y que no disponía de mucho tiempo. Solo quería saber si Vania había hecho amistad con alguien en el inmueble. Y si ese alguien recordaba a la amiga negra de la modelo.

La diferencia con relación a España era de seis horas, así que llegué a la ciudad de los rascacielos con la tarde por delante. Si tenía suerte, si conseguía ver al exmarido de Vania, podría tomar un avión nocturno a Los Ángeles. Cansancio aparte, eso aliviaría el presupuesto de la aventura. Si hay algo caro en este mundo, son los hoteles neoyorquinos. Hasta los más baratos tienen precios de cinco estrellas.

Subí a un taxi en el aeropuerto después de jurar en mi declaración de entrada que no pensaba matar al presidente de los Estados Unidos y de convencer al de pasaportes de que, a pesar de que mi vuelo de vuelta no estaba cerrado, no pensaba quedarme allí a trabajar. Le di al taxista la dirección de la galería de arte de Robert Ashcroft, en el popular barrio de Tribeca, en Manhattan. Según Carmina, aquel tipo de galerías abría y cerraba como si nada, así que tal vez ya no estuviese allí. Pero, aunque estuviese, lo que era más improbable era que pillara al ex de Vania, el hombre que la llevó al altar cuando la *top* tenía veintitrés años de edad. Duró poco, pero... Estaba seguro de que tendría que pasar la noche en Nueva York, y buscar a Robert Ashcroft por la mañana.

Según mi madre, soy un tipo afortunado. Consecuencia de ser leo. Iba a ponerlo a prueba.

En quince minutos, «la línea del cielo», como se conoce el perfil de Nueva York al llegar a la ciudad, estalló ante mí con su magnífica presencia. Aquella urbe respiraba siempre energía. Me extasié en su contemplación mientras accedimos a Manhattan desde Brooklyn por el puente de Manhattan, hasta que los rascacielos me engulleron.

Tribeca bullía. Tiendas de moda, restaurantes, comercios... En otro tiempo allí solo había almacenes viejos. Desde que los marchantes de arte lo habían tomado a comienzos de los ochenta, y gentes como Robert de Niro habían instalado allí sus propios estudios de cine, era otra cosa. El dédalo de calles, muy distinto a las avenidas y manzanas rectangulares del centro, me produjo la inevitable sensación de vitalidad que siempre experimento al llegar a Nueva York. Mi destino estaba en una esquina abierta y luminosa.

Entré en la Ashcroft Gallery, que no era precisamente pequeña, sino toda una galería de primera. Había una exposición modernista de cuadros de gran tamaño para paredes imposibles. Tomé aire y me acerqué a la chica que atendía a la clientela.

—¿Robert Ashcroft, por favor?

Ni siquiera me contestó. Giró el cuerpo y apuntó a un hombre alto y de buen físico que estaba hablando con otro menos visual, más discreto.

Mi madre tenía razón.

Me entretuve mirando las obras, muy coloristas, mientras mi objetivo terminaba de hablar con el otro hombre. Le compró uno de los cuadros, y eso facilitó que cuando se marchó me sonriera, por si yo también picaba. Le di la mano al tipo que había sido capaz de seducir hasta el matrimonio a Vania. Cuando se casaron, él tendría unos treinta y pocos. Ahora habían pasado doce años, así que tenía unos cuarenta y muchos.

—Señor Ashcroft...

Miró mi bolsa. Todavía llevaba la etiqueta del vuelo París-Nueva York.

—¿Acaba de llegar?

—Sí.

Le sonó extraño eso de que ni siquiera hubiera pasado por el hotel para dejar mi bolsa...

—Me llamo Jon Boix, y soy de la revista *Zonas Interiores*, de España. Estamos preparando un reportaje sobre Vania.

Le cambió la cara.

—¿Por qué no la dejan en paz? —me preguntó con amargura.

—Lo siento.

—Yo también —dijo, y me dio la mano, dando por terminada nuestra conversación.

No insistí. Sé cuándo alguien dice «no», y él había dicho «no». Y sé cuándo alguien está de más, y yo estaba de más. Tiempo perdido. Dinero perdido. Respiré hondo y caminé hacia la puerta, para tomar otro taxi que me devolviera al aeropuerto. Llevaba unos diez segundos en la calle, cuando oí de nuevo su voz.

—Escuche.

Me giré. Robert Ashcroft estaba en la puerta de su galería, detrás de mí. No me moví.

—¿Qué quiere saber a estas alturas que no se publicase ya entonces? —rezongó.

—Han pasado diez años —repuse.

—¿Cambia eso algo? —hizo un gesto con una mano. La otra la tenía en el bolsillo de su impecable traje—.

Mire, nos enamoramos, como dos locos soñadores, y nos casamos. Así de fácil. Fue una locura, pero para eso somos humanos, para cometer locuras. Para ella, yo fui el primer hombre real que conoció. Para mí, ella era como una obra de arte, un cuadro, algo irrepetible. Duró poco, apenas nada, porque era lógico. Estaba en la cumbre, no paraba de viajar. Me volvía loco imaginándola en cualquier parte menos aquí... y nos separamos.

No parecía la clase de hombre que se volviera loco de celos.

—Gracias —le dije.

Suspiró y bajó la cabeza, dejando caer los ojos al suelo.

—No diga que soy un mal bicho —la levantó de nuevo mientras sonreía—. Eso es malo para mi negocio.

—De acuerdo —sonreí yo también.

—¿Qué clase de reportaje está haciendo?

Aunque estábamos hablando y él había hecho la concesión, no era una entrevista. En cualquier momento podían llamarle por teléfono y... adiós. Así que fui al grano.

—No es solo el reportaje —le dije—. Estoy buscando a Vania.

Enarcó las cejas.

—¿En serio?

—Sí. ¿Sabe dónde puede estar?

—No.

—¿Ni idea?

—Ni idea. Al separarnos, dejamos de vernos, y después... La llamé al morir Cyrille, para darle el pésame, y lo mismo hice al morir Jess. Dos o tres años después del juicio de París me di cuenta de que había desaparecido, de que nadie hablaba de ella. Leí algo en un periódico o en una revista. Fue cuando empecé a preguntarme qué diablos podía estar haciendo y dónde. Aún es un misterio para mí.

—Hay quien dice que debe de haber muerto.

—¿Sin que nadie lo supiera? —expresó su extrañeza—. La gente no se muere en secreto, y menos una *top model* como Vania.

—Han pasado diez años, y la gente olvida rápido.

—¿Qué edad tenía usted entonces?

—Quince.

—¿La ha olvidado?

—Lo mío es distinto. Trabajo en una revista y me muevo en círculos...

—Da igual. Si Vania hubiese muerto, se sabría.

—¿La cree capaz de desaparecer sin dejar rastro, ocultarse y «pasar» del mundo, harta de todo?

—Sí —dijo muy seguro.

—¿Por qué?

—Porque yo la conocí bien. Porque ya entonces estaba agotada. Porque es de esas personas que cuando toman una decisión... la siguen. Vania tenía carácter. Si dijo «basta», lo hizo, seguro. Acabo de decirle que estaba agotada, y eso fue un año antes de las muertes de Cyrille y de Jess. Las tres eran uña y carne, casi una sola persona. Nunca he visto a nadie más unido. Se querían. Cuando la llamé para darle el pésame esas dos veces, fue dramático. Cuando lo de Cyrille, se me echó a llorar. Estaba muerta de miedo. Pero cuando lo de Jess... era como si estuviese ida. Me asusté.

—¿Trató de verla?

—No. No hubiera servido de nada. En ese momento yo iba a casarme y tampoco era cuestión de... bueno, ya sabe. Aunque igual me presento en París y Noraima no me deja ni verla.

—¿Noraima?

—Su asistenta.

La mujer negra. Finalmente.

—Parece ser que ella estaba muy cerca de Vania.

—Demasiado —se puso serio—. Cuando nos casamos, tuve que ponerla a raya, y llegó a dejarla. Solo le faltó decirle: «O tu marido o yo». Luego, al divorciarnos, le faltó tiempo para volver otra vez, o puede que Vania la llamara. Ejercía una influencia muy fuerte en ella, casi como si hubiera tomado el papel de la madre que tanto necesitaba Vania.

—¿Volvió? ¿De dónde volvió?

—No recuerdo. Era venezolana o colombiana o... —repitió su cara de indiferencia, y acabó diciendo—: de por allí.

La conversación tocaba a su fin. Primero, se movió inquieto. Segundo, echó un vistazo al reloj. Tercero, paseó su rostro nuevamente endurecido arriba y abajo de la calle. Su momento de consideración y rara culpabilidad por haberme despedido con cajas destempladas había pasado. Yo volvía a ser un periodista curioso dispuesto a meter las narices en la vida de los demás.

—Gracias por su ayuda —le tendí la mano, sin tentar más a mi suerte.

—¿Si la encuentra, publicará...?

—Sí.

Pensé que iba a pedirme que le enviara la revista. No lo hizo. Debió de entender que la exclusiva también sería publicada en Estados Unidos. Las Wire-girls nacieron en una revista americana.

—Yo que usted me llevaría un cuadro de Jason Constanti.

Jason Constanti era el colorista de los grandes tamaños.

—Llevo muy poco equipaje —le sonreí.

Dejamos de estrecharnos la mano y se metió en la galería. Yo no encontré un maldito taxi hasta veinte minutos después.

Y eso, en Nueva York, es mucho tiempo.

150 De Nueva York a Los Ángeles, de costa Este a costa Oeste,
hay cinco horas de vuelo, pero nuevamente contra el sol;
así que a las seis horas de diferencia con relación a Europa tuve que sumarle otras tres de diferencia entre costas.
La suma representaba que yo llevaba algo así como un
día y medio sin dormir desde que amanecí en París, y que
eran las no-sé-cuántas de la madrugada o prácticamente
el amanecer, aunque en Los Ángeles fuese poco menos de
medianoche.

O sea, que alquilé un coche en el aeropuerto, porque
en Los Ángeles sin un vehículo no eres nadie y ya puedes
gastar los ahorros en taxis, y me dirigí directo al Westwood Hotel, en la zona de Westwood, donde se ubica la
famosa UCLA, Universidad de California, Los Ángeles.
Por algún motivo, es la zona de la megaurbe que más
me gusta. Nueva York es el espacio vertical; Los Ángeles, el espacio horizontal. Una ciudad-Estado con calles-
autopista de cien kilómetros de largo. Abrumadora. Pero
Westwood aún respira el tono preciso para sentirse un
poco bien. Amo Nueva York, pero odio Los Ángeles. Creo

que un día estallará y se hundirá en sí misma. Los viejos mitos, Hollywood Boulevard, Sunset Boulevard, Bel Air, Beverly Hills, Santa Mónica... Todo lo que me rodea vive una espiral de violencia creciente que apabulla. Solo en las playas de Venice o de Manhattan Beach se respira un poco de paz y fantasía.

Me costó mucho dormir. Empecé a dar vueltas en la cama y tuve que tomarme una aspirina, que es el mejor de los calmantes-sedantes-somníferos que conozco. Tenía la cabeza llena de avión y de Vania. Cerraba los ojos y la veía a ella. Me dormía un poco y estaba todavía metido en el *boeing*. Volvía a despertar y racionalizaba lo que había averiguado: apenas nada. Lo peor era que llegaba a mis últimas pistas y no había nada claro. Después de ver a los padres de Jess Hunt ya no me quedaría demasiado. Aunque aún no estaba seguro de querer ver a los padres de Nicky Harvey. Posiblemente hiciese el mejor artículo de mi vida, porque me sentía muy implicado; pero de ahí a poder decir que Vania vivía o estaba en alguna parte concreta...

La modelo que había enamorado a miles de personas estuvo sola, siempre sola.

Únicamente, un nuevo personaje que sumar al caso.

La tal Noraima.

¿Era la «letra pequeña» de la historia, como me había recordado mi madre?

Pasé de la intuición de mamá a la intuición de Sofía. Ella me había dicho que Vania tuvo que dejarlo, harta, cansada. Suponiendo que fuese así, ¿dónde podía estar?

Localizar a Noraima Cómo-se-llamase se convirtió de repente en un objetivo fundamental. Pero ¿quién podía saber algo de ella?

Nadie.

Debí de dormirme ya de día. Recuerdo que entraba luz por la ventana.

20

La mayoría de las series de televisión americanas, las   153
populares *sitcoms*, es decir, series de situación, con una
duración de media hora y filmadas íntegramente en estudios, se realizan en Burbank. Allí están los grandes
Estudios Burbank, muy cerca de los Estudios Universal.
Como todos los barrios o distritos de Los Ángeles, Burbank es tan «ciudad» como los dos distritos que la flan-
quean, Hollywood por el sur y North Hollywood por el
oeste. La hija pequeña de los Hunt, Barbara Hunt, hermana menor de Jess, rodaba una serie, por lo menos hasta unos meses antes, en Estudios Burbank; pero evidentemente no me dirigí allí. No se puede molestar a nadie
mientras trabaja. No es que Barbara fuese la estrella de
la serie, sino uno de los personajes secundarios; pero sabía que era inútil probar. Además, aunque deseaba verla también a ella, quien me interesaban eran sus padres:
Palmer y Agatha Hunt.

No vivían lejos del trabajo de la chica, en las monta-
ñas de Santa Mónica, justo al suroeste de Burbank, entre
Hollywood y North Hollywood, y al norte del mismísimo

Beverly Hills. A fin de cuentas, se habían mudado a Los Ángeles para estar cerca de ella, pese a que Barbara Hunt debía de contar ya con dieciocho años. Los datos de una década antes decían que los Hunt eran muy religiosos, en grado superlativo. Eso indicaba una unidad familiar fuerte. Jess había roto en parte esas cadenas; así que era lógico pensar que los Hunt velaran ahora incluso con exceso por su única hija.

Claro que todo aquello eran suposiciones, lo poco que sabía yo, lo poco que había averiguado Carmina y lo poco que se había escrito después de la muerte de Jess. Que Barbara Hunt debutase como actriz adolescente hacía cinco años evidentemente fue noticia. Pero, por el momento, una estrella secundaria de una serie de televisión no daba para más. El morbo pasaba rápido.

Me perdí, y empleé casi una hora para aparcar finalmente delante de la casa de los Hunt. Ir a una dirección normal es rápido, pero tratar de dar con una que está en una montaña llena de retorcidas calles... Además, no puedes preguntar a la gente. Aquello era Los Ángeles. Si me acercaba a una casa podía encontrarme con un coche de policía alertado por los moradores, con un perro desatado por ellos o con un tiro en el pecho disparado por los mismos con ánimo protector. Cuando por fin localicé la Green Valley Road, respiré. La contigua era la mía: Green View.

Agatha Hunt me recibió en cinco minutos, después de que una criada con rasgos mexicanos me abriera y me hiciera entrar dentro llevándose mi tarjeta. No entendí el motivo de que la criada frunciera el ceño cuando le pregunté por «los señores Hunt». Pero no me dijo nada. Tampoco me pareció relevante. Di por sentado que Palmer Hunt no estaba en casa por motivos laborales.

La mujer que un día le dijo a su hija mayor: «Dios te hizo hermosa para algo; de lo contrario te habría hecho como a cualquier otra mujer. Haz, pues, que el Señor se sienta orgulloso de ti» era digna de una frase como esa. Vestía con clase, con un cierto sabor añejo, y tanto su rostro como sus gestos y su misma figura denotaban un estado de paz y equilibrio notables. Hablaba despacio. Me dio la impresión de que incluso lo hacía con un deje de superioridad, propio de los que se saben en posesión de la verdad, o de los que se creen por encima del bien y del mal. A mí me dio lo mismo. Mientras quisiera hablar conmigo...

Y era de las que quería.

De las que siempre busca un público.

—¿España? —sonrió, tras estrechar mi mano con la misma flacidez con la que lo había hecho Trisha Bonmarchais en París, aunque con menos sofisticación—. No sabía que la serie de Barbara se emitiera allí.

No se emitía, y tuve miedo de empezar diciéndole la verdad.

—Está anunciada para la próxima temporada —le mentí.

—Y, claro, quiere tener material sin necesidad de acudir a una agencia o algo parecido —siguió sonriendo—. Me parece bien.

—Estaba de paso por Los Ángeles. Sé que lo normal sería que hablara con el agente de Barbara; sin embargo...

—No importa, no importa, señor Boix... ¿Se dice así?

No lo decía bien, claro; pero le dije que sí.

—Barbara regresará dentro de veinte minutos, media hora como mucho, aunque en el estudio suelen acabar puntuales, y más hoy, que es viernes y todo el mundo se escapa. Puede esperarla.

—También quería hablar con usted, claro. Su opinión es muy importante.

—Gracias —sonrió.

Así que empecé a hablar de Barbara, aguardando el momento oportuno para dar un giro y, cuando ya estuviese inmersa en la conversación, comenzar a preguntar sobre Jess.

No hizo falta. A los diez minutos de contarme las bondades artísticas de su hija pequeña, el nombre de Jess había salido ya media docena de veces. Me lo puso en bandeja.

—Después de lo sucedido con Jess, ¿no tiene miedo de que Barbara pueda caer en las mismas trampas?

—Todo es posible, señor Boix —me dijo reflexiva y sin escurrir la peligrosidad de la pregunta—, pero Dios no castiga dos veces con la misma brutalidad. Cuando Barbara me expresó su vocación artística, lo mismo que un día me hizo Jess, le advertí seriamente, le recordé lo sucedido con su hermana, y estuvo de acuerdo en que las cosas fueran como son. Muchas chicas de la edad de Barbara ya están emancipadas, y más trabajando como hace ella. Pero seguimos juntas. A fin de cuentas, y como mis dos hijos varones viven todavía en Ohio, solo nos tenemos la una a la otra.

De pronto empecé a darme cuenta del porqué del fruncimiento de ceño de la criada al preguntar por «los señores Hunt».

—¿Su marido...?

—Palmer murió hace cuatro años, víctima de un cáncer de próstata que le tuvo otros cuatro antes muy mal. ¿No lo sabía?

—No, y lo siento.

—Bueno —bajó los ojos y los depositó en sus manos, cuidadas y armónicas, firmemente sujetas sobre su regazo—, la muerte de Jess fue una convulsión muy fuerte, ¿sabe? Nadie la superó, pero mi marido... Para él fue peor.

_¿En qué sentido?

—Se hundió. Quedó destrozado. Ya sabíamos que Jess se había escapado, que estaba fuera de control; pero creíamos que recordaría nuestras enseñanzas, el valor de la vida, todo lo que hace de este mundo algo importante por lo que luchar. Entonces los acontecimientos se dispararon: su aborto, su adicción a las drogas, su muerte... Fue muy triste. Mi marido se encerró en sí mismo, no hablaba con nadie, se pasaba el día rezando a solas y en silencio. Yo le oía llorar muchas noches. Sé que se culpaba por lo sucedido. No lo resistió. A los dos años empezó a encontrarse mal y se le diagnosticó el cáncer de próstata. Se operó, aunque ya no pudo superar su situación. Fueron cuatro años muy tristes hasta su muerte.

—¿Por qué dice que Jess estaba fuera de control? Ella y sus dos amigas eran cotizadas modelos.

—¿Sus amigas? —hizo un gesto de asco y tristeza—. Yo conocí bien a mi hija. Ella nunca habría hecho nada de lo que hizo de no ser por Cyrille y Vania. Ellas fueron su influencia negativa. Ellas y el diablo: Jean Claude Pleyel. Sin olvidar a ese infeliz llamado Nicky Harvey. Mi hija fue la víctima, señor Boix.

¿Cómo podía decirle que, según todos los indicios, había sido la primera en probar las drogas y...?

—No deja de ser extraño que en una familia de tan profundas convicciones religiosas como ustedes surjan dos estrellas, una de la moda y otra de la televisión y, posiblemente, del cine.

—No hay nada de malo en ello —me miró como si mis palabras la extrañaran—. Cada ser humano ha de aportar lo que pueda a la felicidad de los demás. Si Barbara contribuye con su trabajo en una serie de televisión, alabado sea Dios. Y si Jess contribuyó con el suyo a hacer mejor la vida de otras personas, lo mismo. Jess era muy hermosa, muy hermosa, señor Boix —señaló una fotografía impresionante de su hija mayor—. La belleza no puede encerrarse ni esconderse. Yo quería que Jess la luciera como una bandera. Lo hizo; pero su mástil creció hasta hacerse demasiado alto y acabó rompiéndose. Haré lo que pueda para que la historia no se repita.

Era una teoría. O tal vez una excusa con la que justificarse. En cualquier caso, no me encontraba allí para discutírsela.

Tampoco quería perderla. Podía darse cuenta en cualquier momento de que estábamos hablando de Jess y no de Barbara.

—¿Nunca más ha vuelto a saber de Vania?

—No.

—Creía que a lo mejor ella había venido alguna vez a visitarla...

—No, no —movió la cabeza horizontalmente—. Tras el juicio, ya no volví a saber de ella. Ni siquiera sé qué estará haciendo.

Le molestaba hablar de Vania. Camino cerrado.

—¿Cree que Nicky Harvey mató a Jean Claude Pleyel?

—Sin lugar a dudas —fue terminante—. Jess cometió dos errores: caer en manos de Pleyel, y enamorarse de Nicky. Uno la llevó a las drogas, el otro a cometer un asesinato en la figura del hijo que esperaba. Cuando Jess murió, Nicky la vengó. Es más: no creo que el novio de mi hija muriera accidentalmente, como se dijo, a causa de aquella sobredosis. Yo pienso que Nicky Harvey también se suicidó. Se sabía culpable, iban a condenarle... Y no era más que un niño asustado. No lo resistió. Por lo menos, con él terminó toda aquella serie de tragedias.

—Sin duda, es usted una mujer fuerte y valiente —la halagué.

—Dios me dio fuerzas —manifestó—. Y aún me las da. A raíz de la muerte de Jess y de todo lo demás, cuando quisieron hacer una película de aquello... —se estremeció—. Hollywood es así. Tuve que luchar mucho para impedirlo. Pero lo logramos. Mis dos hijos me ayudaron.

Desde entonces he tenido miedo de que el proyecto se rea-
briera, o de que las cosas volvieran a la luz. No hace mucho se cumplieron los diez años de la muerte de mi hija, y
hubo algunos artículos aquí, en la prensa americana, en
Ohio, de donde provenimos, en Nueva York, San Francisco y Los Ángeles. Si se hubiera hecho esa película, no habría sido más que carnaza para amantes de las sensaciones. Drew Barrymore iba a hacer el papel de Jess —volvió
a estremecerse—. ¿Se imagina usted?

Drew Barrymore, perdiendo unos buenos kilos para
estar delgada como Jess, habría estado maravillosa; pero
tampoco se lo dije.

—¿Conocía usted bien a Nicky Harvey?

—Solo le vi tres veces; pero fueron suficientes. Era un
redomado idiota, un ser mezquino y estúpido, inútil y sin
ningún valor humano.

Disparaba balas de plata y su lengua era un flagelo.
Ni toda su religiosidad le impedía hablar con desprecio
de los que, para sí misma, eran los diablos de la historia: Pleyel y Harvey; sin olvidar los cantos de sirena de
Cyrille y Vania. Tampoco me servía de mucho tenerla en
tensión.

Oímos un coche en el exterior, un claxon que sonó
dos cortas veces y un ruido procedente de la entrada: la
criada, que iba a abrir la puerta.

—Es Barbara, señor Boix —dijo mientras le cambiaba
la cara.

21

Barbara Hunt era el vivo retrato de su hermana mayor, pero con los kilos justos y sin el morbo que aureolaba a Jess. Rebosaba vitalidad, aspecto sano, energía, y no tenía ni el menor toque de la sofisticación o la distante prepotencia que se les supone a las actrices juveniles de las juveniles *sitcoms* yanquis. Para mí fue una revelación, una bocanada de aire fresco en la turbulencia de mis sentimientos buscando a Vania. Sinceramente, esperaba otra cosa. Esperaba que no quisiera hablar conmigo, que dijera que estaba cansada, que me pidiera que llamara a su agente para concertar una cita, o que incluso pusiera esa cara tan americana de los que preguntan: «¿España?», y evocan un mapa de Suramérica preguntándose dónde diablos caerá eso.

Nada de nada.

Su madre me presentó, y tuve que cerrar la boca para no parecer idiota, porque se me quedó colgando. Me habría sucedido igual si me presentan a una hermana menor de Vania, con sus facciones y su toque. Jess era la que menos me habría seducido de las tres; pero ni la rubia y vainíllica hermana de Barbara, ni la excitante y singular Cyrille, ni mi adorada Vania estaban allí. Barbara Hunt, sí.

Alta, metro setenta y cinco —o sea, dos centímetros por debajo de mi estatura—, rubia, ojos limpios, transparentes, boca grande, labios espectaculares, cuerpo esbelto y perfecto, sin retoques... Así, a primera vista, uno no entendía por qué no era la protagonista de la serie en la que trabajase. Lucía un vestido muy simple, de una sola pieza, ligeramente escotado, con tirantitos, sin mangas y con la falda justo a mitad de los muslos. Era como ver en vivo el anuncio de una colonia superrefrescante.

Una colonia muy yanqui, por supuesto.

Agatha Hunt nos dejó solos. Tuvo ese detalle. Barbara ocupó el mismo lugar que había ocupado su madre durante nuestra charla. Ya le había dicho que su serie no se emitía en España, pero que se emitiría muy pronto y que por eso estaba yo allí. La chica, sin embargo, daba la impresión de sentirse feliz por la única razón de que lo era, no porque un periodista español fuese a entrevistarla.

Tampoco era una ingenua.

—No pareces periodista —fue lo primero que me lanzó al quedarnos solos.

—Pues lo soy —le mostré mi carné y la credencial de *Zonas Interiores*.

—¡Ajá! —me los devolvió enseguida—. ¿Tu revista es importante?

—Sí.

—¿Televisión, cine, cotilleos en general?

—Toca todos los temas... y con rigor.

—¿Has visto la serie en la que trabajo?

—No —reconocí.

Me miró fijamente, y la sonrisa que iluminaba su rostro se expandió todavía más. Sus ojos brillaron. Fue un chisporroteo eléctrico. Todavía no estaba seguro de si coqueteaba conmigo o si se estaba divirtiendo a mi costa. Se volvió intensamente maliciosa.

—Tu interés por mí no tendrá nada que ver con mi hermana Jess, ¿verdad?

—¿Por qué lo preguntas?

Llevo un buen tiempo ejerciendo de periodista, incluso desde antes de acabar la carrera; pero las chicas guapas aún me pueden. Sé que me había puesto rojo.

Soltó una carcajada.

—Hace diez años de aquello —calculó—, y Vania era española.

Me tenía atrapado.

—¿Cómo está? —preguntó de pronto.

—¿Quién?

—Vania, por supuesto.

—Ha desaparecido.

Le cambió la expresión.

—¿Desde cuándo?

—Desde hace diez años —le dije.

—¿Vania no...?

—Nadie sabe dónde está. Al terminar súbitamente el juicio de Nicky Harvey con su muerte, se fue a una clínica para combatir su anorexia y después... desapareció. Con el paso del tiempo, han crecido las especulaciones; pero no son más que eso: especulaciones. Hay quien piensa que ha muerto y la noticia no ha trascendido, y hay quien piensa que vive, pero que, por alguna razón, está apartada de todo. No existen muchas alternativas más.

—No lo sabía —dijo en un tono de absoluta sinceridad—, aunque ahora entiendo que en ese tiempo no me haya enviado siquiera una postal.

—¿Eras muy amiga de ellas?

—Bueno, para mí eran..., imagínate: tres diosas. Me llevaba muy bien con mi hermana. Y tanto Cyrille como Vania eran geniales —miró hacia detrás, a la puerta de la sala, para comprobar que estuviéramos solos, y bajó un poco la voz para agregar—: Diga lo que diga mi madre, eran estupendas. Tres amigas de verdad, todas para una y una para todas.

—Pero tú solo tenías siete u ocho años cuando murieron Cyrille y Jess.

—¿Y qué? Te aseguro que las recuerdo muy bien. Cyrille me fascinaba, era alucinante, mágica y misteriosa, pura esencia africana, y Vania se revestía de una naturalidad y un encanto... Solía decir que si un día tenía una hija, quería que fuese como yo. Mi hermana, por su parte, decía que cuando yo tuviese catorce o quince años trabajaría con ella. Claro que ya entonces mi madre estaba muy asustada viendo el deterioro de Jess. Eso hacía que me protegiera más a mí. Eso de nacer la última y descolgada del resto de la familia es bastante rollo, ¿sabes?

—¿Te llevas mucho con tus hermanos?

—Palmer Junior nació dos años después que Jess, y Richard tres años después que Palmer Junior. Doce años más tarde... ¡tachán! —se apuntó a sí misma con los dedos índices de sus dos manos.

Era habladora y divertida. Me encantaba.

—¿Guardas muchas cosas de Jess?

—Sí, ¿quieres verlas?

—Claro.

—Entonces, ven.

Se puso en pie y me precedió hasta el vestíbulo. Allí tomamos la escalera que conducía a la planta alta de la casa. A través de las cristaleras vi un paisaje espléndido, un pequeño valle, casas diseminadas y semiocultas por entre los cuidados árboles. Desde luego, los que viven bien en Yanquilandia viven bien. Mejor que bien. La piscina de la casa estaba en la parte de atrás. No era muy grande, solo lo suficiente. Bueno, mi apartamento no era mucho mayor que ella.

Barbara Hunt no se detuvo hasta llegar a una puerta. Sobre la madera, y pintado con minuciosas letras rojas, leí: «Reserva India-Blancos fuera». La abrió y entró. Cuando yo estuve dentro cerró la puerta sin manías y nos quedamos solos, aislados del mundo.

—¿Qué te parece?

Supe a qué se refería. Había algunos pósteres de grupos de moda y guaperas varios; pero una de las cuatro paredes era algo así como un altar dedicado a Jess. Portadas de revistas, publicidad, fotos de estudio, fotos de pasarela... Y en un rectángulo de corcho, con prendedores de colores, un sinfín de fotografías: de Jess sola, de Jess con ella, de Jess con Vania y Cyrille, de Jess con su familia...

—Quería mucho a Jess —suspiró con ternura y seria por primera vez—. La echo mucho de menos.

El resto de la habitación lo formaban muebles y armarios, libros y CD, un ordenador, un par de guitarras, objetos diversos y propios del mundo de alguien como Barbara. Sobre la mesa también vi una fotografía de Jess con Vania y con Cyrille, además de otras en las que Barbara recibía algún premio o distinción. Vi un álbum con recortes de prensa de la propietaria de la habitación.

Pero, sobre todo, me quedé hipnotizado viendo una imagen.

Estaba en una esquina del rectángulo de corcho. No habría reparado en ella de no ser porque me fijé en un detalle: había dos rostros blancos y dos negros.

Jess, Cyrille, Vania y...

—Esa mujer...

—Noraima —pronunció su nombre antes de que lo hiciera yo.

Me acerqué aún más. Las cuatro mujeres estaban en traje de baño, sexis los de las tres modelos y discreto el de la mayor, con unas palmeras detrás y sensación de pleno ocio. Reían felices. En aquella fotografía, mucho mejor que la del periódico de París, Noraima daba la impresión de ser una mujer de unos cuarenta y tantos años, de rostro enérgico pero mirada dulce. Tenía un brazo por encima de los hombros de una delicada Vania ya extremadamente esquelética.

—¿De cuándo es esta fotografía?

—De apenas tres meses antes de que muriera Cyrille. Fue la última vez que estuvieron todas juntas; por eso la conservo.

—Ya he oído hablar antes de la tal Noraima —dejé escapar.

—Bueno, es normal. Era la persona que estaba más cerca de Vania. Le hacía de todo, desde cuidarla como una madre hasta defenderla como un guardia de seguridad. La quería con locura. Llevaban juntas tantos años... Oí decir a mi hermana que Vania tenía suerte de contar con alguien como Noraima.

—¿Dónde están? —señalé la foto.

—En Aruba.

Sabía dónde estaba Aruba: frente a las costas de Venezuela; un pequeño país encerrado en una diminuta isla en pleno Caribe. Un paraíso.

Ideal para unas vacaciones o... para algo más.

Algo como desaparecer. Sin dejar rastro.

—Noraima era de allí —dijo Barbara.

Era la primera pista que tenía acerca de la mujer negra, la persona que más y mejor podía haber conocido a Vania en aquellos días.

Aruba.

—Creo que Vania pasaba algún tiempo en Aruba siempre que podía, descansando, igual que mi hermana y Cyrille —continuó Barbara, aportando más indicios reveladores—: Jess me dijo una vez que aquello era muy turístico, pero más tranquilo que otros puntos del Caribe.

—¿Recuerdas el apellido de Noraima?

—No.

Cada vez que tropezaba con algo relativo a la criada y amiga de Vania, escarbaba solo un poquito y nada más.

Solo.

Un nombre no era mucho para empezar a buscar.

—Oye, ¿tienes algún plan para esta noche? —inquirió de pronto mi anfitriona.

Hubiera apostado a que ella sí. Un viernes por la noche...

—No —respondí, sin estar muy seguro de...

—¿Te apetece que vayamos a cenar? Quiero que me hables de España.

Era la clase de desparpajo que me encantaba.

Y, desde luego, me apetecía: por seguir hablando de las Chicas de Alambre, porque me temía una noche de viernes solitaria y aburrida en Los Ángeles, y porque me encantaba aquel radiante torbellino de libertad que era Barbara Hunt.

22

El Puff & Nubby's está en el valle de San Fernando, en Granada Hills, y era un local de moda lejos del *glamour* de las estrellas, que frecuentaban otra clase de sitios. O eso al menos me dijo Barbara. Llegamos en mi coche a través de la interestatal 405; bastante cargada, por cierto. Ni siquiera me dejó ir al hotel a cambiarme. Se trataba de una salida informal. Ella, en cambio, sí se duchó y se puso un atractivo vestido que le realzaba todo lo que de por sí ya estaba bastante realzado y a la vista. Su madre no dijo nada, aunque me miró con un poco más de acritud y seriedad, preguntándose —lo más seguro— si yo destilaba la suficiente confianza como para salir con su hija.

Durante el trayecto, me habló de su serie de televisión, de su papel, de que terminaba el contrato al año siguiente y de que, con suerte, daría el salto al cine, sin prisas, sin querer subir mucho y rápido. Por eso estaba contenta de no ser la protagonista de la serie. Así pasaba más desapercibida. Según ella, las estrellas de televisión tenían asegurado el paso a la pantalla grande, pero muy pocas triunfaban. O no se adaptaban o estaban quemadas.

Me pareció muy inteligente, sensata, como si la experiencia de Jess realmente le hubiese aportado algo. Eso me hizo pensar de nuevo en Sofía, en su carrera contra el tiempo, el inevitable poso de amargura que la llenaba.

Después hablamos de España, mientras llegábamos al restaurante, y mientras pedíamos la cena, y mientras la iniciábamos, y mientras la terminábamos.

Tuve mucho cuidado de no volver al tema de Jess. Me sentía bien con Barbara. Casi ni me habría importado no retomarlo. Era la primera vez que estaba con alguien como Barbara Hunt en L.A.

En la mismísima Yanquilandia.

Hasta comencé a pensar que, en efecto, allí todo era posible.

«Fábrica de sueños», *American way of life*, y todo eso.

—Jon, ¿qué estás haciendo en realidad? —me preguntó, ya en los postres.

—Un reportaje. —No tenía sentido mentir.

—¿Sobre Jess?

—No, no, sobre Vania —noté cómo eso la relajaba—. La estoy buscando.

—Oh.

—Diez años es mucho tiempo para no dar señales de vida.

—Lo sé —bajó los ojos al plato.

Se me ocurrió estrecharle una mano. Compartí con ella unos segundos de suave energía.

—¿Jess?

—Sí.

Se la presioné antes de retirarla yo mismo.

—Tu madre debe de ejercer sobre ti mucha presión.

—Mucha —reconoció—, pero me deja trabajar... y vivir. En cambio, si mi padre siguiese aquí...

—Es como si hubiera muerto hundido por la tragedia de Jess.

—El cáncer que tuvo fue una consecuencia de ello, seguro. Antes de morir mi hermana, ya estaba desmoralizado; así que después... Todos aquellos problemas, el escándalo de la niña que se mató...

—¿Qué escándalo?

—Gladys Newman.

Vio por mi cara que yo no sabía de qué estaba hablando.

—Aquí fue bastante sonado —mencionó—. Puede que en Europa no se le diera tanta importancia. Gladys Newman era una chica de quince años, absolutamente fanática de Jess, de Cyrille y de Vania, es decir, de las Wire-girls. De hecho, fueron el modelo de miles de adolescentes, y eso sí fue trágico. La moda *Wire*. Las tres estaban enfermas, anoréxicas. Bueno, Cyrille era bulímica, que para el caso... Así que se convirtieron en el modelo de muchas. Querían ser como ellas. El ideal era estar más que delgada, esquelética. La imagen que proyectaban atraía de una forma poderosa —me miró fijamente—. ¿Te gustaban a ti?

—Mucho, especialmente el morbo de Cyrille, lo fascinante que era Jess y, muy especialmente, todo lo que emanaba Vania.

—¿Lo ves? Para muchos hombres estaban demasiado delgadas. No gustaban. Pero para otros eran diferentes. Esas miradas lánguidas, esos aspectos enfermizos. Y para las chicas, al margen del sexo, lo importante era esa delgadez. Triunfaban por estar delgadas. En el caso de Gladys Newman, la consecuencia fue dramática. Estaba loca, o enloqueció; da lo mismo. Toda su habitación estaba llena de fotografías de Jess, de Cyrille y de Vania. Llena. Era lo que se llama «una fan». Las imitaba en todo, pero esencialmente en querer estar como ellas. Murió de anorexia, y sus padres interpusieron una demanda. Naturalmente fue desestimada, pero se habló mucho del tema, de la influencia que las personas importantes, o presuntamente importantes, famosas, populares ejercen sobre los demás. Ellas no eran culpables de la muerte de esa chica; pero una noche oí a mi padre decir que sí, y que Dios nos había dado la espalda. También dijo que el camino del fin estaba abierto. Fue tan apocalíptico...

Barbara me hablaba de una fan fanática. ¿Se daba cuenta de que su propio padre también lo era? No me arriesgué a preguntárselo.

—Muchos grupos de rock también han sido demandados alegando que sus letras han incitado al suicidio a algunos adolescentes —recordé el caso de Judas Priest.

—No creo que sea justo —dijo Barbara—. Si mi personaje en la serie de televisión se suicida y una chica lo imita, ¿van a demandar a la serie, al guionista, a mí? Cuando alguien se encuentra enfermo, los demás no tenemos la culpa.

—¿Cómo se tomaron ese incidente ellas tres?

—La que peor lo llevó fue Cyrille. Con la infancia que tuvo... Creo que Jess, simplemente, no quiso pensar en ello. Lo apartó de su cabeza. De Vania no sé.

—Tu padre debió de pasarlo muy mal.

—Desde la muerte de Jess, hablaba de «la espada vengadora del Señor», de cosas... —plegó los labios y trató de recuperar su estado de ánimo anterior—. Supongo que para él lo mejor fue morir, aunque parezca duro que lo diga. Descansó en paz, aunque no sin sufrir cuatro años como sufrió, mientras decía que era justo que así fuera, pero que lo aceptaba, que era su castigo.

Yo también quise cambiar de tema. Se me estaba poniendo seria.

—¿Y tu carrera? ¿No tienes miedo de estar marcada por lo que le sucedió a tu hermana?

—Sí, soy la hermana de Jess Hunt, pero lo llevo bien. Diez años es bastante tiempo para que la gente se olvide de ello. Intento no cometer errores y ser feliz, ¿sabes? Pienso que en la vida solamente tienes dos opciones: o intentar ser feliz, o morirte de asco. Yo intento ser feliz.

—Creo que eres feliz.

—Sí, ¿verdad? —de pronto, sacó a relucir la mejor de sus sonrisas, y agregó—: ¿Qué te apetece que hagamos ahora? Mañana es sábado. ¡Todo un fin de semana por delante!

Se suponía que yo era el chico.

Pero aquello era América.

—Solo he estado en Los Ángeles dos veces antes que ahora, y por motivos laborales —manifesté inseguro.

Barbara, de insegura, nada.

—¿Quieres ir a una discoteca genial? —propuso, mordiéndose el labio inferior con picardía a la espera de mi natural «sí».

23

Me desperté muy tarde, tardísimo, y tuve el tiempo jus- to de ducharme y salir de la habitación con la bolsa ya hecha. Si llego a pasar por recepción cinco minutos después... ya me habrían cobrado un día de más por superar el límite de estancia habitual. Aboné la cuenta por dos noches y bajé al garaje para buscar el coche.

Otros cinco minutos después me orientaba por Westwood para tomar la interestatal 405 nuevamente en dirección norte. La enfilé por el mismo Wilshire Boulevard hacia la izquierda.

Mientras abandonaba Los Ángeles, pensé en Barbara Hunt.

Y al atravesar el valle de San Fernando, me despedí de ella con la dulce nostalgia del que sabe que, difícilmente, nuestros caminos volverían a encontrarse.

Algunas cartas, sí, tal vez.

Tal vez.

Me concentré en la conducción para no hacerme un lío con las autopistas al norte de Los Ángeles, aunque el camino a San Francisco era claro y diáfano. Setecientos kilómetros de buena *highway*. Por la costa, a lo mejor el paisaje habría sido más bonito, pero el viaje habría durado más. Comí en los alrededores de Bakersfield y ya no paré hasta entrar en Frisco, como lo llaman ellos, por el sur, a través del Silicon Valley.

Al anochecer, un poco cansado después de la noche de marcha, y todavía con el cambio y el desfase horario afectándome, aterricé en la más hermosa —por europea— de las ciudades americanas. Los mismos habitantes de Nueva York, Chicago o Miami, y ya no digamos Los Ángeles, aseguran que en San Francisco «nunca pasa nada», sinónimo de paz y tranquilidad.

Me metí en un motel; un *travelodge* que pillé en el mismo centro. No hice más que aparcar, pedir una habitación y dejar la bolsa. Salí en cinco minutos, tomé un taxi, y le dije al tipo que me llevara a Market con Powell. No es que me supiera las calles de memoria, pero llevaba un buen mapa de la ciudad, y también había estado allí dos veces. En el famoso cruce donde arranca el tranvía de la ciudad, pagué a mi taxista y me subí a uno. Me bajé en Fisherman's Wharf, el viejo muelle de pescadores, donde se pueden encontrar decenas de restaurantes de todos los tamaños y precios.

Lo reconozco, estaba deprimido.

Ideal para cenar solo.

Vania, Sofía, Barbara...

Especialmente, y por la proximidad, esta última. Un raro espécimen de chica maravillosa en todos los sentidos.

Cené; paseé por el muelle 39, que es una suerte de ma-remágnum barcelonés solo que con la tradición de su historia; compré algunos regalos en las tiendas abiertas aún para los turistas, ya que no había comprado nada para mamá, Elsa, Carmina... y después ya no jugué al turista típico, a pesar de ser sábado noche: un taxi me devolvió al motel. El cansancio me pudo en cuanto caí en la cama.

Menos mal que había pedido que me despertaran, porque si no...

Los padres de Nicky Harvey vivían en el barrio-dis-trito de Richmond, entre Presidio y el Golden Gate Park; así que mientras circulaba en dirección a su casa pude ver a lo lejos y a mi derecha el legendario puente del Golden Gate. La primera vez que estuve allí lo recorrí por arriba —en coche— y por debajo —en barco—. Esta vez, me ahorraba el turismo. Si conseguía hablar con ellos, quizá pudiera subir a un avión con destino a Europa a lo largo del día, para enlazar allí con algún vuelo rumbo a Barce-lona. Sería otra paliza, pero todos los viajes largos lo son. Ya no tenía nada que hacer allí.

Última etapa.

Aparqué en la esquina de la calle. Los Harvey, por lo visto, seguían viviendo donde lo habían estado haciendo toda la vida, porque su casa era señorial, elegante y muy antigua. Piedras con decenas de años. Había por allí mu-cha clase. Eso me dio mala espina. Un raro presentimien-to. Nicky Harvey era uno de los grandes protagonistas, y también uno de los grandes derrotados, de toda la histo-ria de las Wire-girls. Para Agatha Hunt, era el asesino de

Pleyel. Para Frederick Dejonet y Trisha Bonmarchais, un completo estúpido incapaz de llegar a tanto. Diez años después, ¿estarían sus padres dispuestos a hablar con un desconocido periodista español?

Era la hora de comer; pero en domingo no sabía si estarían en casa. Si me veía obligado a esperar a la noche, ya no podría regresar hasta el día siguiente. Eso si encontraba vuelo. La incertidumbre en mi trabajo suele entenderse como irremediable, aunque yo no estaba para filosofías en ese momento. Algo me impulsaba a terminar ya mi estancia en Estados Unidos.

Llegué a la puerta exterior. Estaba abierta. No era una valla con medidas de seguridad ni nada de eso. Solo un seto con una puerta de madera. Entré con cuidado, no fuera a aparecer un bulldog o un doberman que me dejara la voz atiplada, y alcancé la puerta de la casa. No había timbre, así que golpeé con un llamador de bronce que se abatía sobre una placa del mismo metal. En menos de tres segundos, me abrió una doncella vestida de doncella, es decir, con un uniforme blanco, cofia incluida.

—¿Los señores Harvey?

Iba a sacar una tarjeta, pero no me dio tiempo. Un hombre apareció por detrás de la doncella. Tendría unos sesenta o sesenta y cinco años.

—Déjelo, Lena —le ordenó a la chica.

La doncella se retiró. O más bien fue como si se evaporara. Ni siquiera supe por dónde.

—Disculpe...

Supe que era el padre de Nicky Harvey. Solo lo supe.

—Me llamo Jon Boix y soy de España. Querría hablar con usted, si me lo permite. Ahora o más tarde, no importa.

Logré sacar mi tarjeta.

No creo que supiera lo que era *Zonas Interiores*, pero tampoco hizo falta.

—¿Con qué objeto?

—Estoy haciendo un reportaje sobre Vania, la modelo que...

El resto fue muy muy rápido.

Primero, el estallido:

—¡Déjennos en paz!

Luego, la advertencia:

—¡Si no desaparece en un segundo, llamaré a la policía!

Por último, el portazo.

Fuerte, seco, contundente. Como que si llego a tener la nariz dentro del marco me la aplasta.

Ni se me ocurrió probar de nuevo.

Salí de allí, subí al coche, y ya no paré hasta la terminal del Aeropuerto Internacional de San Francisco. Devolví el automóvil de alquiler en las oficinas de la agencia del aeropuerto, y tres horas después subía a un vuelo directo a Londres —solo quedaba primera—, con la única duda sobre el enlace de Iberia para Barcelona, todavía pendiente y en lista de espera a confirmar a mi llegada a la capital del Imperio británico, o lo que quedase de él después de los Beatles.

24

180 Cuando abrí la puerta de mi pequeña jaula de grillos, había perdido la noción del tiempo. Solo sabía que estaba muy cansado, y medio dormido. Llevaba todavía el reloj con la hora de la costa Oeste americana. Pero lo segundo que pude ver al entrar fueron los dígitos de mi radiodespertador señalando la una y cuarto de la madrugada.

Digo lo segundo, porque lo primero fue el bolso de Sofía justo en la entrada.

No encendí la luz.

Ella estaba en la cama, dormida, como un tronco. Aunque le hubiese dado a la luz, y al estéreo, y encima hubiese cantado yo, no se habría despertado. La miré y hasta me dio por sonreír. Después le pasé una mano por la frente para apartarle un mechón de cabello. Su rostro revestido de paz aún era más de porcelana, y estaba muy hermosa. Relajadamente hermosa.

Suspiré, dejé mi bolsa de viaje en un rincón, me desnudé y me metí en la cama, al otro lado. Ella dormía muy apretada al borde.

Creo que no me dio tiempo ni a cerrar los ojos.

Cuando me desperté, a las diez de la mañana, Sofía seguía dormida.

Me levanté, aunque me hubiera dado la vuelta con gusto para dormir dos o tres horas más, y me metí en el baño. Pasé unos quince minutos bajo la ducha, con los ojos cerrados, dejando que el agua me cayera por encima. Después salí, me sequé el cuerpo y el pelo, y me afeité. Menos mal que llevaba una toalla en la cintura. Al abrir la puerta, ella fue lo primero que vi.

Ya había levantado las persianas, pero iba tal cual se acostó la noche anterior, con una larga camiseta tamaño XL hasta la mitad de los muslos. Muchas mujeres dicen eso de: «Si me vieras por la mañana, cambiaría tu opinión acerca de mí». La mía acerca de ella no varió. Con el cabello alborotado y sin arreglar, estaba aún mejor que maquillada, más natural. El color rojo de la camiseta la favorecía.

Nos quedamos mirando apenas un segundo.

—Oye, lo siento; pero es que mi compañera de piso y su maldito novio... —quiso justificar su presencia en mi piso.

—No importa —impedí que acabara su frase—. No te habría dicho dónde está la llave si no fuera así.

—Eres demasiado confiado. ¿No tienes miedo de que te vacíen esto?

Me importaba, claro; pero no en el sentido al que se refería ella. Me encogí de hombros.

—No me gusta vivir atemorizado ni en jaulas de cristal.

Sofía parecía muy tranquila, muy relajada, como si hubiera dormido bien o se sintiera mejor que la última vez que estuvo allí.

—No tienes mucho apego a las cosas materiales, ¿verdad?

—No mucho —reconocí.

Ella se acercó a mí. Se detuvo a menos de un metro, se cruzó de brazos y me miró fijamente, con una leve sombra de ternura y envidia en los ojos.

—Eres libre, quieres vivir, viajar, hacer lo que te gusta...

—Sí.

No le dije que se olvidaba de algo muy importante: amar. Todo tiene un precio, y el mío era pasar mucho tiempo solo.

—Bueno —suspiró—, supongo que todo el mundo quiere algo.

Iba a apartarse, para meterse en el baño o hacer cualquier otra cosa. La retuve sujetándola de un brazo, con suavidad.

—La diferencia es que lo mío es más sencillo que lo tuyo —le dije—. Tú buscas el éxito, y te da rabia no lograrlo; ver como la fama y el dinero son para otros. Te sientes maltratada. Eres guapa y crees que no te sirve de nada salvo para torturarte.

—¡Jo, tío! —puso cara de dolor de estómago.

Pero no pasó de mí.

Continuó mirándome con aquellos ojos duros y al mismo tiempo cargados de ternura. Como una pistola de aspecto frío con balas de calor en su interior.

—Todo es una mierda, Jon —exhaló.

—No es cierto.

—Eres una persona positiva, vale.

—Tampoco es tan simple.

—Basta con mirar la tele. En el telediario te cuentan las desgracias del día, los muertos, las guerras. Después te hacen un programa de «gente guapa». Yo quiero estar en este último, no en el primero.

Comenzó a desmoronarse.

—Todo el mundo está en uno de los dos lados alguna vez.

—Estoy asustada —reconoció.

La abracé. No fue un gesto individual, de ella buscando protección ni mío tendiendo a dársela. Fue conjunto. Apoyó su cabeza entre mi cuello y mi pecho, y con un brazo le acaricié la espalda mientras con la otra mano subía hasta su nuca.

Desde aquella posición, como si su voz fluyera de mi propio pecho, le oí decir:

—Si tuviera un trabajo... No renunciaría a mis sueños, pero por lo menos me podría tomar las cosas con más calma, encontrarle un sentido a todo.

La aparté de mí, despacio.

—¿Lo dices en serio?

—Sí. ¿Por qué? —no entendió mi reacción.

—El día que nos conocimos me dijiste que si no pudieras seguir como modelo y tuvieras que trabajar, al menos te gustaría trabajar en algo que te gustara. Por lo menos eso.

—Claro.

—¿Quieres trabajar?

—Sí. Bueno, no me gustaría lavar platos en un restaurante, ya sabes, pero...

Hice que se sentara en la cama. Después tomé el teléfono y marqué el número de la revista. Me extrañó no oír la voz de Elsa al otro lado. Supuse que sería su rato libre para desayunar o que se encontraría resolviendo algún tipo de obligación perentoria. Carmen, la suplente en estos casos, me pasó con mi madre inmediatamente.

Sofía me miraba con el ceño fruncido.

—¡Jonatan! ¿Qué tal todo?

—Luego te lo cuento, mamá. Ahora tengo un poco de prisa.

—Pero ¿dónde estás?

—Aquí, en Barcelona, en casa. Llegué anoche, aunque muy tarde para llamarte.

—¿Y a qué se deben las prisas?

—¿Laura se va a fin de mes como dijiste?

—Sí, esta es de las que se casan de verdad y cuelga los hábitos.

—¿Tienes ya a alguien?

—Iba a poner un anuncio en el periódico.

—Espera —tapé el auricular con la mano y me dirigí a Sofía—: ¿Te hace un puesto en el departamento de publicidad de *Zonas Interiores*?

Ella abrió unos ojos como platos.

—¿Qué?

—Sí o no.

—¿Qué hay que hacer?

—Es un equipo de tres personas. Consiguen publicidad, campañas, tratan con agencias, van a ver a clientes. Hay que saber vender un producto, nada más. Solo que este producto es *Zonas Interiores*. Han de confiar en que con nosotros se anunciarán mejor, porque somos la mejor revista del mundo. Es lo mismo que cuando te fotografían con una colonia en las manos y te usan para que la gente se crea que si se la pone será como tú.

—¿Hablas en serio?

—Absolutamente —agité el auricular para demostrárselo—. Y no te preocupes por la experiencia. Aprenderás. Es un trabajo, pero también una oportunidad: estás dentro del tinglado, vas a conocer a personas vinculadas con la publicidad. Si te lo tomas con calma...

—¡Dios! Eres un samaritano —suspiró, esbozando una sonrisa.

—¿Sí o no?

Sofía hizo algo extraño, o no tanto, cuando comprendí la intensidad de su mirada. Paseó sus ojos por mi apartamento, los depositó en mi bolsa de viaje, en las cámaras que tenía en la mesa, en el ordenador... y, a medida que hacía ese largo trayecto, se le fueron llenando de humedad.

—Suena bien, ¿verdad? —consideró.

—No es aburrido, es divertido, es estresante... O sea, que no es lavar platos.

Creo que yo estaba más nervioso que ella.

—Sí —acabó musitando, con la sonrisa ya abierta en su rostro.

Volví a hablar con mi madre.

—¿Mamá? No busques más. Ya la tengo. Mañana se pasará por ahí.

—Oye, espera, espera. ¿Dónde estás? ¿Con quién hablas?

—¿No confías en mí?

—¡Oh, sí! —se burló a la descarada—. Dime por lo menos una cosa: ¿es guapa?

—Demasiado. Y también lista.

—Eso lo doy por sobrentendido, pero lo de que sea guapa es esencial, Jonatan. Mira, que me echen a los leones las feministas, pero una publicista fea no vende, y tú lo sabes. Y no vivimos del aire. Ya sé que es cruel, pero...

—Ha hecho de modelo.

—Ah —fue como si le diera todas las garantías.

—Luego paso a verte y te cuento lo del viaje, ¿vale?

—Dime solo si has dado con Vania o...

—Tengo una pista.

—¿Ah, sí? —la dejé boquiabierta.

—Hasta luego.

Colgué y me enfrenté a la todavía desconcertada mirada de Sofía.

—¿Qué es lo que se supone que soy, además de lista?

—Guapa.

—¿Te ha preguntado...?

—Sí.

Me senté a su lado y le estreché la mano. La tenía muy fría. Ella acabó girando el cuerpo para abrazarme con la otra. Me dio un beso en la comisura de los labios. Un beso cálido, no erótico. Su mano acarició mi mejilla.

—Gracias —musitó.

Nadie la había tratado demasiado bien. Lo sabía.

O quizá todo lo contrario: demasiado bien... por egoísmo y otros intereses.

—Pero deberás buscarte un lugar donde dormir, ¿vale? —bromeé.

—Tranquilo —también lo hizo ella—. O mato al novio de mi compañera o establecemos unas normas.

—En tres meses y con un buen sueldo fijo, podrás vivir sola.

No nos movimos. Los segundos empezaron a comérsenos despacio. Noté que nos encontrábamos bien. Que nos sentíamos bien. La sorpresa inicial, tras conocernos, cedía, se iba convirtiendo en calma. Era el momento de pensar de verdad en ser amigos, vernos, tal vez salir, seguir...

¿Quién dijo: «Me encanta el futuro porque he de vivir en él»?

—Jon.

—¿Qué?

—¿Has dicho en serio que tenías una pista?

—¿Sobre Vania? Sí.

La tenía desde hacía tres días, desde la tarde de mi estancia en la habitación de Barbara Hunt, pero la había acabado de ver clara justamente en aquellos minutos, con Sofía a mi lado, sola, sin nadie, desprotegida.

Como decía la canción: «Todo el mundo necesita a alguien».

25

188 Luisa Cadafalch repitió su expresión de disgusto de la primera vez al verme plantado en la puerta de su casa, esperándola. Yo hice lo que se supone que debe hacer un joven educado en tales circunstancias: tomar las dos pesadas bolsas de la compra para ayudarla.

—Si me permite.

No la conmovió mi gesto, aunque dejó que las tomara.

—¿Qué está haciendo aquí?

—He de hablar con usted.

—Ya se lo conté todo la otra vez.

—Tengo una pista.

Ya había abierto el bolso, para buscar las llaves de la puerta de entrada al inmueble. Mis palabras frenaron su gesto y se quedó con ellas en las manos. Me miró como si yo fuese un vendedor de seguros dispuesto a colocarle uno.

—¿Una pista de qué?

—Del paradero de su sobrina —me arriesgué a manifestarlo en voz alta.

—¿Dónde está?

—Aún no puedo decírselo. Primero debo confirmar algunas cosas.

—No le creo, señor...

—Boix. Jon Boix —le recordé—. Y le juro que no me lo estoy inventando para que me deje ver las cosas de Vania..., de Vanessa.

—¿Qué es lo que quiere ver? —se alarmó aún más.

—Usted me dijo que un día la llamaron por ser su único familiar legal, para que recogiera sus cosas del piso que tenía en Barcelona. Y me dijo que conservó un par de cajas con fotografías familiares.

Seguíamos en la puerta de la calle, ella con las llaves en la mano y yo con las dos bolsas en las mías. ¡Y lo que pesaban!

—Usted no tiene ninguna pista, señor Boix. Usted solo quiere ver esas cajas y remover en la basura. Mi sobrina está muerta. No sé por qué no se ha sabido, cómo pudieron enterrarla o qué pasó; pero está muerta. Ya se lo dije. Diez años es mucho tiempo.

Pensé en Vania con su tía. La pareja imposible.

No, era lógico. Si vivía, era lógico.

—Creía que usted querría saber la verdad.

—¡Quiero saber la verdad! —casi gritó.

—Entonces soy su única esperanza. Si mi pista es tan buena como mi intuición, solo depende de un pequeño detalle.

—¿Cuál?

—Que dé con Noraima, la criada de su sobrina.

—¿Ella?

Iba a dejar las dos bolsas en el suelo, o mis brazos acabarían creciendo. No hizo falta. Los últimos cinco segundos fueron de silencio, mientras Luisa Cadafalch me observaba fijamente, calibrando el valor, el sentido o la honestidad de mis palabras. Puse mi mejor cara de buen chico. Pero pienso que esto no la convenció.

Sino la lógica.

Introdujo la llave en la cerradura, abrió la puerta, permitió que yo entrara con mi carga y subimos en el ascensor hasta su planta. En silencio. Yo ya tenía las manos blancas. Me sentí aliviado cuando, una vez en el recibidor de su piso, me hizo dejar las dos bolsas. No le pregunté dónde estaba la cocina ni ella me lo dijo. Ya a salvo de oídos extraños y miradas ajenas, rompió aquel inusitado silencio.

—Escriba algo que no me parezca bien, señor Boix, y le demando —me amenazó.

—Ya le dije que yo la adoraba, señora. Que quiero hablar de su lado humano, de la persona que había en ella, debajo de lo demás. Si murió, quiero colocarla en su sitio y ayudar a las futuras Vanias que surjan. Si vive, quiero saber qué pasó y escribir una historia de verdad. *Zonas Interiores* no es prensa amarilla. Tiene que saberlo.

—Yo miré el contenido de esas cajas —volvió a la carga con su escepticismo—. En ellas no había nada: fotos, cartas, recuerdos personales. Por eso no las tiré. Pero nada más.

Ya estábamos en la sala.

—Solo necesito saber algo más de esa mujer.

—¿Cómo ha dicho que se llamaba?

—Noraima.

—Ni siquiera recuerdo ese nombre. No va a encontrarlo ahí. Por Dios, si no era más que la criada.

¿Le decía que era la mejor y única amiga de Vania, y más después de la muerte de Cyrille y de Jess? ¿Le decía que allí donde ella, pese a ser su tía carnal, nunca había llegado, sí lo hizo el corazón y la ternura de una mujer de Aruba llamada Noraima? ¿Le recordaba que era una mujer solitaria y amargada, tal vez marcada por la belleza de su hermana menor, o por su desliz al quedarse embarazada de un hombre casado, o celosa de su maternidad pese a ello, o con un cierto desprecio hacia Vania por tratarse de... una bastarda? ¿Se lo decía?

No. La necesitaba.

Era mi único puente hacia esa pista.

Hacia esas cajas en las que, de todas formas, pudiera ser que no encontrara nada.

—Vamos, señora Cadafalch. Ayúdeme, y ayúdese a sí misma. No le hará daño saber la verdad, quitarse las dudas. Y si estoy equivocado...

—No va a llevarse nada —me advirtió.

—No lo haré.

—No me lo pida. No insista. Y como me lo robe...

—Nunca he conseguido así una información.

Ya no tenía más argumentos.

—Venga —me ordenó.

La seguí de nuevo. Caminó por el pasillo hasta la segunda puerta a la izquierda. La abrió, conectó la luz y se detuvo en el centro. Era una salita diminuta, con una mesa redonda al fondo, de esas antiguas con un brasero en los bajos, y un par de butaquitas a ambos lados de ella además de una silla. En la pared frontal, sobre la mesa, pude ver una ventana con la persiana cerrada. En la de la derecha, una librería con libros saliéndosele por todas partes. En la de la izquierda, un armario. Fue lo que me señaló.

—Arriba —dijo—. Yo no llego.

Yo sí. Abrí las dos puertecitas de la parte superior y vi las cajas. Dos simples cajas de cartón, bastante grandes. Alargué los brazos y atrapé la primera. Pesaba bastante. La sujeté, la hice descender y la coloqué sobre la mesita. Repetí la operación con la segunda. Estaban cerradas; pero bastaba con alzar las cuatro partes dobladas sobre sí mismas. Una vez en la mesa las dos, miré a Luisa Cadafalch. Temí que se quedara a mi lado, aún desconfiando, vigilándome como un buitre.

Suspiró, dando por perdida la batalla, y noté cómo se rendía de forma absoluta.

—Si quiere algo, llámeme.

—Gracias.

No dijo nada más. Se limitó a salir de la habitación, aunque dejó la puerta abierta.

Me quedé solo con mi tesoro.

Me picaban los dedos, y la razón, pero no me precipité. Primero abrí una, extraje el contenido y lo deposité en la mesita. Después, de forma sistemática, procedí a inspeccionarlo todo, volviendo a dejarlo en el fondo de la caja una vez examinado y en perfecto orden. Luisa Cadafalch tenía razón, el contenido de las cajas lo integraban un montón de fotografías de Vania antes y durante su etapa de modelo famosa; pero eran fotografías personales y familiares, no de pose. Fotografías con amigas y amigos adolescentes, un par con Tomás Fernández, media docena con Nando Iturralde, ninguna con su madre o con su tía, que por ser más íntimas no tenían por qué estar allí. También había recuerdos típicos de cualquier persona: algunos posavasos de lugares diversos, entradas de cine, teatro, objetos tan dispares como unas gafas de sol, un viejo reloj ya detenido en unas pretéritas siete y veintinueve minutos, dos figuritas de porcelana, unos anillos baratos, unas cajitas con llaveros...

La segunda caja resultó más interesante. Y decisiva.

Las postales y las cartas estaban allí. No eran muchas, pero sí las suficientes. Algunas de las primeras provenían de lugares más o menos clásicos, y otras de lugares nada habituales. Lo curioso —y al principio ni siquiera lo noté— era que todas estaban escritas por la misma mano. Cuando reparé en ello, comprendí algo inusitado: que quien las enviaba era la propia Vania.

Ella se mandaba postales a sí misma.

No sé si me pareció más curioso que triste, o más triste que demoledor. ¿Por qué se escribía a sí misma? Se me ocurrían dos únicas razones: que coleccionara postales y de esta forma le llegaban después de su estancia en aquellos lugares, usadas y a través del correo, o... que nadie le enviara nunca una y a ella le gustara recibirlas como a cualquier mortal.

Solo que, si era eso último, el hecho denotaba una soledad absoluta.

Me estremecí.

Examiné todas las postales para estar seguro. Había tan solo dos con otra letra. Y las dos procedían de Aruba.

No había fechas, y las de los matasellos, para maldición mía, eran ilegibles. Una de las postales decía: «Ya falta muy poco. Un beso». La otra: «Todo va bien, se resolverá antes de lo previsto. Hasta pronto». Las firmaba Noraima.

Miré las cartas.

Y mi mano tembló, mitad excitada, mitad feliz, cuando finalmente encontré una con sellos de Aruba; aunque me sentí menos feliz cuando vi que en el remite únicamente aparecía el nombre: «Noraima Briezen».

Ninguna dirección.

Tan solo un dato más a añadir a lo poco que sabía: un apellido.

En una pequeña isla del Caribe, de menos de cien mil habitantes, tal vez fuese suficiente.

Me sentí muy incómodo y extraño cuando saqué la carta del interior del sobre. La letra era muy correcta, y el castellano corriente. La fecha se correspondía con el tiempo en el que Vania había estado casada con Robert Ashcroft; pero cuando la leí, supe que era justo en el momento de la separación y el divorcio. Noraima le decía en uno de los párrafos:

«La casa ha quedado muy bonita, preciosa. La fachada, pintada de amarillo, y el techo, con las tejas rojas, le
da color al jardín, los árboles y los parterres de flores.
También he acabado de poner la valla, blanca y muy co-
queta. Te gustará. Desde tu habitación se ve la playa, y el
faro, a la derecha, tan cerca que hasta puedes tocarlo con
la mano. Ahora es más que nunca un hogar, tranquilo y
familiar. Recuerda, mi niña, que es tan tuya como mía,
porque todo lo que tengo en el mundo eres tú, y en estos
días, vuelvo a saber que todo lo que tienes tú es el cariño
de Jess, de Cyrille y el mío propio. Ten fuerzas, cariño.
Por favor, dime si vendrás a pasar unos días para descansar y recuperarte de todo esto, o si, por el contrario,
lo único que quieres es trabajar enseguida y olvidarte
cuanto antes de la experiencia. Si es así, sabes que me
tienes a tu lado, no tienes ni que dudarlo. Eres más que
una hija para mí. Llámame y estaré contigo de inmediato. Si como dices, quieres vivir entre Barcelona y París,
estoy de nuevo dispuesta. Nadie se va a llevar nuestra
casa de Aruba, ¿no es cierto? Siempre estará ahí. Tengo
muchas ganas de verte y abrazarte. Estos tres meses han
sido difíciles...».

Firmaba, de nuevo, Noraima, después de darle «muchos besos».

No era mucho para encontrar una casa en Aruba, aunque no creía que hubiese muchos Briezen en la isla.

Era la pista que buscaba.

Guardé el resto, sin leer las otras cartas. Entonces me di cuenta de que llevaba una hora sentado con el contenido de aquellas cajas, y a solas, en la salita de la casa de Luisa Cadafalch, sin que ella me hubiese interrumpido para nada.

26

Mi madre era muy hogareña y poco amante de las sali- das. Me lo demostró cuando descolgó el teléfono antes de que se extinguiera el primer zumbido.

—Hola, soy yo.

—¿Qué hay?

—Perdona que no haya pasado como te he dicho por la mañana, pero es que al final no he podido. He tenido un día muy complicado; laboralmente hablando, me refiero.

—No me digas. ¿Con tu recomendada de mañana?

—No. Y por cierto: cuídala bien.

—¿Como dueña de *Zonas Interiores* o como suegra?

Estaba decididamente irónica. Pero me encantaba que fuera así, aunque a veces...

—¿Hacías algo? —cambié de tema.

—Leía —dijo desperezándose; cosa que se hizo evidente aun por teléfono—. Ahora ya no he de preparar cenas ni cambiar pañales, como hace dos o tres años.

—Será que me preparabas muchas cenas.

—¿Te las recuerdo?

—No, no —la calmé, al ver que se ponía combativa—. ¿Qué lees?

—Un «tratado de supervivencia femenina».

—Venga, va.

—Que es en serio. Es todo un *best seller*. Uno de los capítulos dice lo que hay que hacer cuando tu propio hijo te llama a las once de la noche.

—Son las once menos diez.

—Vale, ¿qué quieres?

—Te llamo para decirte que mañana tampoco iré a la redacción. —Odiaba la palabra *oficina*.

—¿Por qué?

—Me voy a Aruba.

—¿Que te vas adónde?

—Aruba. Caribe. Me he pasado media tarde en la agencia, hasta la hora de cerrar; pero me han encontrado un pasaje... ¿Qué te parece? Con escala en Madrid, por supuesto.

—Oye, tú, ¿y qué se te ha perdido a ti en el Caribe?

—Noraima Briezen.

—Jonatan... —gimió—. Estoy demasiado cansada para juegos.

—Noraima Briezen era la criada, asistenta, secretaria, amiga personal, guardaespaldas y todo lo demás de Vania. ¿Recuerdas que te hablé de ella?

—¿Vive en Aruba?

—Sí.

—¿Y qué te hace pensar que ella...?

—La letra pequeña, mamá. La letra pequeña. En todas partes ha salido ella. La tía de Vania me la puso a caldo, poniéndola a caer de un burro por «intrusa»; pero el motivo era obvio: Vania quería a esa mujer; le hacía de madre, y madre...

—... No hay más que una y a ti te encontré en la calle; ya lo sé —suspiró la mía.

—Después me habló de ella Robert Ashcroft, igualmente con poca simpatía, acusándola de ser un sargento y de tener monopolizada a su ex. E incluso una chica de dieciocho años, Barbara Hunt, la recordaba como alguien importante no solo en la vida de Vania, sino en la de su hermana Jess y en la de Cyrille. O sea, que son demasiadas coincidencias. Esa mujer estuvo siempre ahí, en las sombras. Tengo una fotografía de Vania saliendo de los juzgados de París cuando el juicio de Nicky Harvey, que habla por sí sola. Noraima Briezen es la letra pequeña de esta historia.

—¿Crees que ella puede saber dónde está Vania?

—Sí.

—Entonces, adelante; por supuesto.

—Hubiera podido pasar mañana por la redacción y largarme dentro de un par de días, pero...

—Lo sé, lo sé —me confirmó ella—. No has de contarme a mí lo que es el gusanillo.

—Pues eso.

—No te estarás obsesionando demasiado con este reportaje, ¿verdad?

—No —contesté, alargando mucho la o.

—¿Cuánto hace que no duermes ocho horas? Llegaste ayer de Estados Unidos y quieres volver a cruzar el charco.

—Hoy he dormido más de ocho horas, y la semana pasada, en los *United States*, también me porté como Dios manda. ¿Crees que soy un reportero crápula que a cuenta de la empresa se lo monta de puta madre, madre?

—Anda, no te enrolles. Espero que aciertes.

—Resérvame la próxima portada.

—Ya.

—¡Si no sacas esto en portada, me voy a la competencia!

—No tenemos competencia, y lo sabes.

Eso era verdad. Revistas del corazón había muchas, y de política, y de cocina, y de informática, y de... Pero como *Zonas Interiores*, no.

—No tengo confirmado el billete de vuelta todavía —Fue lo último que le dije—. A lo mejor me quedo allí un par de días escribiendo el reportaje.

—¡Tendrás cara!

—A mi cargo, vale.

—¡Jonatan!

Iba a pedirle que, al día siguiente, tratara bien a Sofía, pero temí que volviera a ponerse irónica. Tampoco era necesario más. Por un lado, Sofía era perfecta, encajaba, y, con su «morro», les sacaría publicidad hasta a las monjas de clausura. Por otro, sabía que a mamá le gustaría. Con reservas de mandamás, pero le gustaría. Tenía buen olfato para las personas. Y yo era su hijo.

—Te mandaré una postal —me despedí.

—¡Que no sea de una puesta de sol!

—Un beso, *mother*.

—Adiós, Jonatan.

Me puse un vídeo de Bruce Springsteen y me quedé dormido escuchando *Secret garden*.

27

Aruba está a unos escasos 32 kilómetros de la costa venezolana, y salvo en sus playas del oeste, con arenas blancas y palmeras, no parece una isla caribeña. Será porque
está muy lejos de lo que es el Caribe más conocido: Cuba,
Santo Domingo, Puerto Rico, las Bahamas y todo lo demás. Desde el aire, su forma es la de un hacha prehis-
tórica. Rocas, cactus y cuevas forman su orografía, con
un norte inhóspito y un sur habitado. La «montaña más
alta» tiene 188 metros. Oranjestad es su capital, y San
Nicolás, el segundo pueblo importante; pero la vida gira
en torno a Palm Beach, su playa estrella.

Cuando aterricé en el Aeropuerto Internacional Reina
Beatrix, ya sabía lo suficiente de ese paraíso —en todos
los aspectos, incluido el fiscal—. Sabía, por ejemplo, que
el baile típico es el limbo, y que se habla el papiamento,
un idioma que mezcla el español, el holandés, el inglés
y el portugués; aunque el idioma oficial es el holandés.
Aruba tuvo siempre raíces hispanas, por proximidad cos-
tera, y holandesas, porque perteneció a Holanda hasta la
independencia de 1986. Hoy en la isla todo es turismo,

yanqui por excelencia —familias negras de Chicago, el medio este y el sur de Estados Unidos— y europeo como complemento. En mi vuelo creo que era la única perla solitaria, amén de algunos evasores de impuestos y mafiosillos, que se les notaba. El 95 % de los pasajeros eran recién casados. Estábamos en primavera. Nunca había volado en un avión con tantas babas por el suelo, tantas miradas de cuelgue absoluto y tantos chuicks-chuicks, que en los cómics es la onomatopeya del beso tonto. Me tocó estar con una de esas parejas al lado. Ni se dieron cuenta de que existía hasta que les dije que tenía que ir al lavabo. Entonces sí repararon en que había alguien en el asiento de ventanilla.

Sin embargo, la mayor sorpresa me la llevé cuando el microbús de servicio que vino a recogernos al aeropuerto nos introdujo en Oranjestad. ¿Cómo podía definir todo aquello? ¿Pastel de fresas? ¿Color *Made in* Colonialismo Caribeño? El impresionante Royal Plaza Mall, por ejemplo, tiene una cúpula dorada, y el edificio que la rodea está pintado de rosa-rosa, con balaustradas blancas, toldos azules y mucha «alegría» visual. Algo así, en Marbella diríamos que es una «horterada». Allí no solo hacía sonreír, sino que acababa gustándote. Lo entendí. El resto era parecido. Limpieza, buenos coches aunque muy poca isla para moverlos, y casinos en todas partes. Muchos casinos para que el turista adinerado —no el que iba de luna de miel con cara de bobo— pudiera divertirse un rato perdiendo algunos miles. En el puerto había dos yates alucinantes, porque eran dos rascacielos abatidos flotando en el agua. De impresión. El guía del microbús nos dijo que uno era de «un famoso actor francés», y el otro, del dueño de la multinacional Toyota. Se dejaban caer por allí de vez en cuando.

Yo también lo habría hecho.

Media hora después de mi llegada, y mientras la gente salía en manada para ver el lugar o darse el primer baño, yo seguía en mi habitación del hotel, el Sonesta, que no está precisamente en Palm Beach, sino en pleno centro de Oranjestad. El detalle diferencial es que tiene una isla propia, a la que se llega en canoa desde el mismísimo corazón del hotel, junto a la recepción. Me habría gustado ir a la Sonesta Island, pero, por un lado, después de las seis de la tarde ya estaba cerrada, y, por el otro, tenía demasiada curiosidad para empezar a buscar a Noraima pese a que anochecía.

Según la guía telefónica de Aruba, había 19 Briezen. No eran muchos, pero tampoco eran los dos o tres que yo esperaba. Alquilando un coche y buscándolos uno por uno, tardaría dos o tres días, tal vez cuatro. La otra opción, llamarlos por teléfono, era más plausible; pero si preguntaba por Noraima y colgaba al decirme alguien que sí... temía alertarla, aunque no estaba muy seguro de qué. Traté de averiguar si el segundo nombre que aparecía detrás de Briezen era precisamente eso, nombre, o más bien apellido. No llegué a ninguna conclusión cierta. Parecían nombres: Alexander, Benedicto, Casimiro, Dominico, Edison, Erwin, Esteban..., aunque en algunos, detrás, aparecía escrita una inicial. Y no había ninguna

Noraima, así como tampoco ninguna de esas iniciales era una *N*.

Miré el mapa de la isla. Había dos faros. Uno al sureste, cerca de un pueblecito llamado Seroe Colorado y bautizado como el pueblo, y otro en el extremo noroeste, de nombre California. A la derecha de este último no había nada. A su izquierda vi un pequeño grupo de casas, pueblo o lo que fuera, llamado Malmok. Después de Malmok, la carretera bajaba directamente hacia Palm Beach. Según la carta de Noraima a Vania, «el faro casi podía tocarse con la mano», así que...

También decía que se podía ver la playa desde la habitación.

Cerca del faro de Seroe Colorado había dos playas, una al norte y otra al sur. Cerca del faro de California, una; es decir, una que a su vez era el comienzo de Palm Beach, la zona turística.

No podía ponerme a buscar la casa de noche, por lo cual decidí no precipitarme ni ponerme nervioso. Bajé a recepción, pedí una guía de calles de la isla y subí con ella arriba. Pasé la siguiente media hora ubicando a mis 19 Briezen en las distintas partes y calles. En Seroe Colorado había nada menos que cinco, pero solo uno en el extremo cercano al faro. En Malmok, otro.

Marqué el número del primero.

Se puso una voz de hombre al otro lado.

—¿Noraima? —pregunté cauteloso.

Me lo dijo en papiamento, porque no me enteré de nada, salvo de que allí no había ninguna Noraima.

Llamé al segundo número, el de Malmok.

Nadie contestó.

Acabé cenando en el restaurante del hotel, «pasando» de llamar a los otros cuatro de Seroe Colorado. De día y en coche haría una inspección visual. Después de la cena paseé por Oranjestad a pie, me metí en un casino solo por ver el ambiente, me largué rápido después de haberlo visto, y me fui a la cama temprano.

Dormí como los dioses.

Por la mañana también me levanté temprano. Nada de llamar por teléfono. Desayuné y salí con el coche dispuesto a buscar la casa pintada de amarillo, con tejas rojas, valla blanca y jardín con árboles y flores. Tomé la 1A, la carretera que desciende hacia el sureste, y en menos de veinte minutos me planté en San Nicolás. Luego me perdí. Entre San Nicolás y Seroe Colorado hay una inmensa refinería petrolífera que hay que rodear. Cuando por fin llegué a Seroe Colorado, vi el faro; pero no cerca, sino más bien lejos. Las casas, además, eran humildes y poco vistosas. Nada de pinturas amarillas y tejas rojas, vallas blancas o jardines.

Pasé una hora localizando a los cuatro Briezen del pueblo y, por si acaso, también visité al quinto, al que había llamado la noche anterior. El resultado fue nada.

A media mañana recorrí la isla en sentido inverso pero por el centro, para no tener que atravesar Oranjestad. Hacía un calor terrorífico, puro Caribe, y mucho viento. Crucé Santa Cruz, Tanki Flip y Noord. El faro de California era mucho más hermoso y visible que su primo hermano de abajo, blanco, redondo, con cuatro ventanas verticales en cada uno de los cuatro «lados» y una base octogonal. También en Malmok las casas eran mucho más ricas, señoriales, construcciones de madera, pintadas con colores alegres. Allí había clase, dinero. No me extrañó. Si las mejores playas, los grandes hoteles y los restaurantes de lujo se encontraban cerca...

Mi corazón empezó a latir con más fuerza.

Y diez minutos después se paralizó.

El Briezen de Malmok era Noraima Briezen; solo que en la guía constaba como «Briezen, Hermenegildo».

La casa.

Fachada amarilla, tejas rojas, valla blanca, árboles, parterres de flores. Una casa cuidada, alegre y feliz.

Una docena de años después de aquella carta, nada había cambiado.

Miré el faro. Miré la playa.

Y antes de que me acercara a la puerta para llamar, esta se abrió, y por el hueco apareció ella.

La mujer negra que había sido parte fundamental en la vida artística y personal de Vania.

Noraima.

28

Me había visto mirar la casa, y después cruzar la valla. Esperó a que llegara a la puerta, y mientras yo caminaba en su dirección, me pregunté qué iba a decirle. Noraima Briezen tendría unos cincuenta y algunos años, aunque si ya es difícil a veces calcularle la edad a una persona blanca, más lo era para mí calculárselo a ella, que era negra; no mulata, negra. Se parecía todavía a la Noraima de aquella foto en París y a la Noraima de la foto de la casa de Barbara Hunt. Tenía el cabello ensortijado, ligeramente gris ya, y un cuerpo rotundo, firme, fuerte. Vestía un sencillo conjunto, falda larga y una blusa. Intuí calidad, clase. El papel ejercido junto a Vania podía ser indefinible; pero, desde luego, aquella mujer no había sido simplemente «una criada».

—Buenos días —me deseó con una sonrisa.

—Buenos días —le correspondí.

Miró mi tarjeta, y mi credencial. Si hubiera sido blanca, habría dicho aquello de que «su rostro palideció». No lo hizo; pero le cambió la expresión, y en sus ojos titiló un destello de miedo mezclado con un súbito cansancio que llegó a vencerle los hombros. Aun así, trató de ser fuerte y mantenerse firme.

—¿Qué desea?

—Hablar de Vania.

Plegó los labios. No me miró con odio, solo con resignación. Me devolvió mi carné de periodista y mi tarjeta de la revista. Siguió inmóvil en la puerta de su casa.

—¿Por qué?

—¿Por qué no? —dije yo.

—Ha pasado mucho tiempo.

—Diez años.

Suspiró.

—Sí, supongo que tarde o temprano tenía que...

—¿Le importa?

—Sí, me importa; pero usted no se irá tan solo por eso.

—No, claro. Y siempre es mejor que me lo cuente usted. No soy un *paparazzi*.

—Ya.

—¿Puedo pasar?

Me lanzó una mirada final de impotencia.

—Sí, perdone —se rindió.

Se apartó y me franqueó el paso. Entré. La casa era agradable, muy agradable. Carecía de lujos extremos, pero... había dinero, y bien empleado. Algunos buenos cuadros, algunos buenos muebles, algunos objetos de decoración exquisitos. Vi un pasillo con varias puertas, y una, al fondo, abierta. Daba a un taller o estudio en el que vi objetos de pintura y lienzos. Fue algo fugaz. No quise parecer curioso. Por si acaso, había dejado las cámaras en el coche. Un periodista «armado» suele infundir pánico. La gente se pone nerviosa.

—¿Quiere sentarse? —me ofreció.

Me senté en una silla y esperé a que ella hiciera lo mismo. El silencio resultaba un poco pesado, muy denso. Noté que en su cabeza se iniciaba una lucha feroz. Por fuera se revestía de calma. Por dentro, las furias se desataban. Luego, la primera pregunta procedió de su lado.

—¿Cómo me ha encontrado?

—Fotos, postales, cartas.

—Nunca puse esta dirección —me confirmó.

—Pero describió la casa en una carta, y en ella también constaba su apellido.

—La casa aún está a nombre de mi padre, que en paz descanse.

Hermenegildo Briezen.

—Usted siempre estuvo con Vania —mencioné—. Cuantos la conocieron lo sabían.

—¿Los ha visto a todos?

—He estado con Tomás Fernández, con Carlos Sanromán, con Nando Iturralde, con Robert Ashcroft, con Luisa Cadafalch, con Frederick Dejonet, con Trisha Bonmarchais, con Barbara Hunt...

—No ha perdido el tiempo.

—Un poco sí. Nadie sabe nada de Vania. Para unos está muerta. Para otros simplemente ha desaparecido. Es un misterio que esos diez años se han encargado de perpetuar y dotar de vida propia.

—Así que está usted trabajando a conciencia en el tema.

—Nuestra revista es la más importante de España, y también es muy seria —dejé ir, por si acaso.

—Da lo mismo que sea seria o amarilla. Quiere lo que todas: remover el pasado, publicar una exclusiva, sin tener en cuenta que pueda hacer daño a alguien.

—¿A quién le puede hacer daño la verdad?

No respondió. Sostuvo mi mirada con un poco más de energía que antes. Traté de recuperar su confianza. Incluso intenté ser el Jon que decía mi madre que era: aquel que despertaba el instinto maternal de las mujeres.

—Noraima, usted estuvo siempre con ella —dije suavemente—. Fue la persona más importante de su vida después de su madre.

—Y de Jess y Cyrille.

—Ellas eran sus amigas, sus hermanas. Usted fue más que eso.

—Porque siempre estuvo sola. Muchas personas famosas, importantes, célebres, artistas lo están.

—Viven en su mundo, y son vulnerables.

—Sí —me confirmó.

—La quería mucho, ¿verdad?

—Mucho es poco —sonrió con dulzura—. Fue la hija que se me murió con apenas cinco añitos de edad. Entre las dos, y desde el primer día, surgió algo que está por encima de la amistad. Siempre la consideré mi propia hija; de la misma forma que ella me consideró su madre.

—¿Qué sucedió exactamente?

—Debe usted saberlo si es que está investigando tanto.

—Sé que Vania no fue feliz, que su fallido matrimonio la afectó, que su delgadez acabó pasándole factura, y que las muertes de Cyrille y de Jess la hundieron por completo hasta llevarla al límite.

—Entonces no sabe mucho —consideró ella.

—Cuéntemelo usted.

—Vania era especial —se arrancó, tras un prolongado suspiro en el cual se miró las manos, muy cuidadas y limpias—. Especial en todo. Era una persona sensible, buena, encantadora, romántica, emotiva. Un ser humano lleno de luz metido en el rostro y el cuerpo de una mujer que supo cautivar al mundo con ella.

—¿Disfrutaba con lo que hacía?

—Al comienzo, sí. ¿Quién no quiere el éxito en lo que hace? Pero la diferencia entre ser modelo y ser *top model* es muy fuerte. Un abismo. Las *tops* estaban ya en el ojo del huracán, eran noticia en sí mismas, personajes públicos. En los últimos tres años, desde antes de casarse con aquel hombre, Vania ya no era así. No estaba delgada por necesidad estética. Lo estaba porque apenas comía, y el cansancio había hecho mella en ella. La profesión de modelo la llenaba, pero no le había dado lo más importante: el orgullo de sentirse bien consigo misma. Así que todo le daba igual. Era Vania, la *top model* Vania, la Wire-girl. Vania, la compañera de Jess y de Cyrille. Vania, Vania, Vania. Creó un pequeño mito fugaz, y un día reconoció que lo único que deseaba era volver a ser Vanessa; pero para entonces ya era tarde. En los meses finales nada la satisfacía, ni ayudar a los demás.

Pasé por alto la expresión «meses finales». Solo sé que me entró un ramalazo de frío en la espina dorsal. Preferí seguir dando cuerda a mi anfitriona.

—¿Cómo ayudaba a los demás?

—Se hizo socia de Médicos Sin Fronteras, Ayuda en Acción, Aldeas Infantiles, Amnistía Internacional, Greenpeace y una docena de Organizaciones No Gubernamentales más. Aportaba siempre mucho dinero para todo tipo de causas, pero en silencio, sin querer destacar. No era de esas, de las que usan eso como publicidad añadida. Nada de fotos con niños africanos muertos de hambre o con enfermos en Calcuta. Ella llegó a estar más delgada que esos niños.

—La anorexia.

—Sí —convino.

—¿Qué ocurrió después del juicio de Nicky Harvey?

—¿Después? Se olvida del durante. Fue durante ese juicio cuando Vania dijo «basta», y se rompió del todo. La muerte de Cyrille la impresionó. Fue una conmoción. Le hizo ver lo frágiles que eran. No se había recuperado cuando sobrevino la de Jess. Vania se encontró sola frente al mundo, y lo que era peor: la muerte de dos de las Chicas de Alambre la dejaba a ella desnuda y desguarnecida frente a ese mundo. Toda la presión le cayó encima. Todas las miradas convergieron en ella. Aquellas semanas fueron como meterse en una tormenta sin posibilidad de escape. El juicio fue triste, muy triste. Las miserias salieron a flote, las drogas... Todos decían quererlas, pero en cuanto cayeron o se hicieron vulnerables, los mismos que decían eso las hundieron sin piedad. Claro, eran guapas, famosas, lo tenían todo: ¡pues a por ellas! Por fin pagaban un precio. Así de cruel. Y encima, cuando aquel pobre infeliz también murió...

—¿Nicky?

—Sí.

—¿Fue un accidente o un suicidio?

—Un accidente, por supuesto. Nicky Harvey no era más que un niño malcriado. Él no mató a Jean Claude Pleyel.

—¿Quién lo hizo entonces? —traté de contener la respiración.

—El padre de Jess Hunt.

Ella notó que acababa de golpearme la razón.

—¿El padre de...?

—Señor —me miró como a veces me mira mi madre cuando algo es evidente para ella y no para mí—, piénselo. Ese hombre, Palmer Hunt, era uno de esos radicales religiosos. Un fanático. Yo creo en Dios, ¿sabe? Pero no soy ninguna fanática. Él sí lo era. Estaba orgulloso del éxito de su hija, pero creía que ese éxito y su fama la acercarían a Dios, no al diablo. Fue un ingenuo, y Jess se le escapó, como habría hecho cualquier chica joven con un padre así. La perdió, y Jess se fue al otro extremo, lo mismo que Cyrille, aunque ella lo hizo por otras causas.

—Sé que Cyrille no podía sentir deseo, placer, que le hicieron una ablación de clítoris.

—Bien —asintió con la cabeza—. Ya lo sabe entonces —recuperó el hilo de sus palabras y me aclaró—: Pero Vania era diferente —antes de seguir con su teoría de la muerte de Nicky Harvey—: Así que, al morir Jess, su padre se volvió loco. Absolutamente loco. No sé cómo hizo para matar a Pleyel, de qué forma se montó su coartada, ni si la tenía. ¿Sabe lo más curioso? Lo sabíamos todas: Vania, yo..., pero la policía ni le tocó. Ninguna sospecha. Sin embargo, fue así. Pleyel había iniciado a Jess y a Cyrille en el mundo de las drogas. Una se contagió de sida, la otra murió de una sobredosis. Palmer Hunt se convirtió en «la espada vengadora», «el flagelo de Dios», como quiera llamarlo. Mató a Pleyel. Y la muerte de Nicky le liberó de que alguien pensara, finalmente, que aquel chico era demasiado estúpido para tanto.

—Pero no se liberó de sí mismo.

—Sé que murió de cáncer —dijo Noraima—. El peso de su propia culpa lo liberó en su cuerpo.

—¿Justicia divina?

—Llámelo como quiera.

—Así que ni usted ni Vania comentaron sus sospechas con la policía.

—Vania ya no podía más. Se hundía. Apenas si llegó por su propio pie a la clínica donde le trataron la anorexia.

—De la cual salió recuperada.

Me dirigió una de sus miradas capaces de atravesarme el alma.

—No, señor periodista, no —manifestó muy despacio—. Salió, pero no recuperada.

—¿Qué hizo entonces?

—Traérmela aquí, conmigo.

—¿Y después?

Era la pregunta del millón de dólares. La pregunta que había estado frenando y deteniendo en mi corazón y en mi mente. La pregunta que ahora se hacía ya inevitable.

No la contestó.

Siguió mirándome segundo tras segundo.

Y me di cuenta de que me analizaba.

—Usted no se va a dar por vencido, ¿no es cierto?

—Solo busco lo que le he dicho antes: la verdad.

—Y hacerse famoso con ella.

—Míreme a los ojos, por favor.

—Lo he hecho desde que llegó.

—Si es así, sabrá lo que siento. Usted es de esa clase de mujeres.

—Está enamorado del mito, sí, ¿y qué?

—Mañana puede aparecer otro periodista que no lo esté.

—¿Y?

—Nadie desaparece eternamente.

—Durante diez años, eso no ha importado.

—Oiga, Noraima —me volqué en mis palabras—, antes ha dicho que solo persigo una exclusiva, sin tener en cuenta que pueda hacer daño a alguien. Déjeme que le haga una pregunta: ¿a quién puedo hacerle daño? Solo quedan usted y la tía de Vania, que, por lo que vi, está muy tranquila sin preocuparse demasiado de si está viva o muerta. ¡No queda nadie, salvo la propia Vania si...!

—¡Queda su recuerdo, su memoria!

—Entonces... —me puse pálido, comprendiendo lo que dejaban entrever sus palabras—. ¿Está muerta?

Y la respuesta de Noraima me dejó absolutamente aplastado:

—Por supuesto que lo está. ¿O creía usted que iba a encontrarla aquí?

29

Supo que me acababa de hacer daño.

Y supo también, en ese mismo momento, que yo era sincero.

Pero mantuvo su boca cerrada, sin quitarme ojo de encima.

Yo me fijé de nuevo en sus manos, cuidadas y limpias, muy bellas, sin ninguna clase de ornamentos.

—¿Dónde se encuentra? —quise saber una eternidad después.

—¿Va a buscar su tumba?

—Sí.

—No se dará por vencido.

—No.

—Está bien —asintió con la cabeza; no exactamente irritada, aunque sí resignada por el acorralamiento—. Supongo que se lo ha ganado, y que, como bien dice, tarde o temprano volverá otro. Es capaz de remover toda la isla.

—Lo haría —aseguré.

—¿Tiene coche?

—Sí.

—Vámonos.

Se puso en pie. Yo la imité. Ni siquiera recogió algo o se cambió de ropa. Tampoco cerró la puerta con llave. Salimos de la casa y nos metimos en mi coche de alquiler. Me pidió que no pusiera el aire acondicionado, que le molestaba la garganta. Después me guio.

—Siga recto hasta el cruce, luego a la izquierda y tome la 2A.

—¿Adónde vamos?

—A Santa Ana.

No recordaba haberlo visto.

—¿Es un pueblo?

—Una iglesia, pasado Noord.

Supe que no iba a sacarle más, aunque, de cualquier forma, sabía ya nuestro destino. No su ubicación, pero sí nuestro destino en términos globales.

¿Dónde acabamos todos tarde o temprano?

Conduje con nervios, demasiados nervios. Estuve a punto de tener un accidente a la salida de Malmok, y después aceleré en exceso por la 2A. Noraima no me dijo nada. Miraba por la ventanilla el paisaje de toda la vida. Su paisaje. En una isla tan pequeña, en un país tan diminuto, todo debía de estar hecho de repeticiones constantes. Otra filosofía. Para mis ansias de ver el mundo, aquello se me antojaba una cárcel.

De pronto, rompió su silencio.

—Una vez —dijo en voz muy baja y sin mirarme—, yo estaba enferma y no pude acompañarla. Fue después de su divorcio y antes de que muriera Cyrille. Me llamó por teléfono desde un aeropuerto, llorando, perdida, asustada. No sabía dónde se encontraba —ahora sí me miró—. No lo sabía. El avión hacía una escala, pero ella... ¿Sabe usted lo que es eso, señor periodista? ¿Sabe lo que es sentirse perdido en algún lugar del mundo?

No lo sabía, pero lo imaginé aterrador.

—¿Por qué me lo cuenta?

—Porque espero que entienda cómo se sentía Vania al final.

—¿Cree que no lo entiendo?

—No. —Fue rotunda.

No quise discutir con ella. A fin de cuentas me estaba llevando a mi destino.

—El juicio la destruyó —continuó unos segundos después Noraima—. Cyrille y Jess la colocaron al borde del abismo con sus muertes, pero el juicio la empujó. No se estaba juzgando a Nicky Harvey por asesinato: se juzgaba a las Chicas de Alambre, y a todas las modelos, y más aún, a todas las *tops*, y a la industria de la moda y a quienes se mueven en ella. Se juzgaba la belleza, se juzgaba la fragilidad, se juzgaba el hecho de que millones de adolescentes en el mundo quisieran estar delgadas, se juzgaba el hecho de que ella fuese distinta. Los mediocres se tomaron la revancha. Los hombres y mujeres grises se cebaron en lo que Cyrille, Jess y Vania habían simbolizado. Pero las dos primeras estaban muertas, así que todo cayó sobre Vania. Por primera vez se vio expuesta a los depredadores. Ya no era una mujer guapa, sino un ángel caído.

—Vania se vio a sí misma.

—Como en un espejo, señor periodista. Y no le gustó. Es decir, no le gustó lo que la obligaron a ver. Ella era maravillosa, pero la destruyeron. Por eso dijo «basta», trató de sobrevivir, y no pudo.

—¿Por qué no reveló usted que ella...?

No pude completar la pregunta. Noraima señaló algo a nuestra izquierda.

—Es aquí —suspiró.

A unos veinte metros se alzaba una iglesia. Parecía nueva, o recién pintada. Era blanca y de color ligeramente amarillo, pero muy pálido, muy muy pálido. Encima de la misma puerta de entrada se elevaba la torre, coronada por un remate octogonal y una puntiaguda cúpula hexagonal de pizarra negra. Estaba en mitad de una gran plaza al aire libre, con una estatua en medio. Santa Ana con los brazos abiertos.

Me desvié a la izquierda y metí el coche en la plaza. A mi derecha vi el cementerio, protegido por una valla blanca. Flanqueando la iglesia había diversas casitas de una sola planta. Aparqué el vehículo junto a otros dos, delante de la puerta de la iglesia, y luego bajamos.

Noraima entró en ella.

La seguí. Al lado de la entrada había una placa que decía:

«PRIMA ECCLESIA 1776 HIC
AEDIFICATA ALTERA 1831 TERTIA 1886
— G. VULYSTEKE EP 17-7-1914

PRIMARIUM HODIERNAE
ECCLESIAE LAPIDEM POSUIT EAMQUE
DEDICAVIT 30-5-1916».

No entendí nada.

Noraima no hizo mucho en la iglesia. Solo entrar, santiguarse, bajar la cabeza, rezar una oración y volver a salir. El templo era pequeño, alargado y muy luminoso, con ventiladores en el techo y un altar recogido y nada excesivo. Me di cuenta de que era un ritual. No podía llevarme adonde me llevaba sin antes dar las gracias, o pedir perdón o, simplemente, mostrarse como una buena feligresa.

Nos dirigimos al cementerio.

Tenía algo de especial, me di cuenta al instante, en cuanto vi su disposición y las tumbas. No había nichos, solo pequeños mausoleos, individuales algunos y de dos pisos otros, todos pintados con los mismos colores vivos que se utilizaban en la isla. Vivos y limpios aunque apagados, salvo algún azul pastel o rosa manifiesto. Se coronaban en forma de V invertida, con una cruz arriba, y la mayoría estaban llenos de flores, muy llenos de flores, frescas y recientes, con soportes en forma de corazones, coronas y hasta el nombre escrito con flores. Daba la impresión de que hubiese pasado una festividad de Todos los Santos recientemente. Los mayores, los de dos pisos, tenían dos nichos abajo y uno arriba.

Noraima se detuvo frente a uno de los más nuevos, los más cuidados, aunque también con menos flores al pie.

El nicho de arriba estaba tapiado pero sin ninguna placa. Abajo, en el de la derecha, vi una en la que leí un nombre: Eliza Briezen Romero. La diferencia entre el año de nacimiento y el de la muerte era de cinco años. Y de eso hacía casi una eternidad.

En el de la izquierda estaba ella:

«Vanessa Molins Cadafalch»

Muerta nueve años antes.

30

No sé muy bien lo que sentí.

Un vacío en el estómago, en el cerebro, en el corazón.

Había deseado tanto encontrarla viva que...

Casi lo había confundido con una necesidad, no con un humano deseo de que ella simplemente hubiese abandonado el pasado.

La voz de Noraima rompió aquel extraño silencio.

—No se recuperó —dijo—. Luchó contra los efectos de la anorexia, pero no se recuperó. Murió a los diez meses de llegar aquí, en paz, tranquila, sin ningún tipo de algarada. Quiso que nadie lo supiera, y ser enterrada en la isla.

—¿Cómo no se supo...?

—Tenía dinero, y el dinero sirve para comprar silencios. Aquí no hay ninguna embajada española, por supuesto.

Señalé la tumba de la niña de cinco años.

—¿Su hija?

—Sí.

Luego la de arriba, la que no tenía placa.

—¿Su marido?

—No tuve marido, señor periodista. Esta es mi futura casa para la eternidad.

Así de simple.

Me sentí incomodo.

Noté que Noraima me miraba fijamente.

—Ya tiene su reportaje —suspiró—. Déjeme en mi casa y vuelva después a hacer fotografías o lo que desee. Y asegúrese de que quien lo lea entienda que ella está ahora en paz.

A veces ser periodista es duro.

Esta era una de ellas.

Yo no tengo carácter para tomar una cámara y filmar una masacre, los resultados de una matanza, un bombardeo, una hambruna en el Sahel africano o la miseria del infortunio humano. Supongo que eso me hace ser menos profesional que otros. Pero no puedo evitarlo.

Sí, iba a hacer aquellas fotos; claro.

Era lo que había ido a buscar a Aruba: respuestas. Ya las tenía todas.

Pero eso no suponía que me sintiera bien.

—Lo siento —susurré.

—No tiene por qué pedir perdón.

Miré a mi compañera.

En sus ojos, esta vez sí, vi respeto y un punto distintivo de consideración.

—Gracias —dije.

Ya no hubo más. Noraima fue la primera en emprender el camino de vuelta a mi automóvil. Subimos a él y conduje de regreso a su casa. Solo hablamos al final, cuando ella me guio por Malmok. Al detenerme delante de su puerta, me tendió una mano.

Se la estreché.

—¿Fue feliz? —le pregunté entonces.

—Mientras lo disfrutó, sí.

—Era especial —reconocí—. Yo tenía un póster suyo en mi habitación.

—Entonces, hable de eso —me pidió Noraima.

Se bajó del coche, entró en su casa y me dejó solo.

31

226 Evidentemente estaba bajo los efectos del *shock*. Pero el mal sabor de boca empezó casi inmediatamente después.

Primero me acerqué al faro, lo fotografié, y también fotografié la isla desde su extremo más occidental sobre aquella elevación. Segundo pasé cerca de la casa de Noraima, para hacerle fotos igualmente. Temía que la mujer me viese o algo parecido, pero nada se movió en su interior ni en los alrededores. Usé el tele y, de esta forma, no tuve que acercarme demasiado. Por último, volví a la iglesia de Santa Ana, saqué de nuevo las cámaras y fotografié el templo desde todos los ángulos, la placa de la entrada, el interior, la estatua de la plaza y el exterior del cementerio.

Mi trabajo más importante quedó para el final.

Entré en el cementerio.

El mal sabor de boca ya era general.

No entendía mi inquietud. Había desentrañado el misterio. Por encima de la tristeza que me producía aquel hecho, por otra parte lógico pese a todo, debía sentirme feliz, satisfecho, orgulloso.

Tardé todavía unos segundos en comprender que lo que me pasaba no era un malestar por el final de un sueño.

Unos segundos.

Lo que sentía era una voz interior.

El grito de... ¿mi instinto?

Miré el mausoleo, las tumbas de la pequeña Eliza y de Vanessa.

Mi instinto.

Algo se me pasaba por alto. Algo que había visto, sentido, oído, notado. Algo.

Como cuando ponen una imagen subliminal en una película y tú no la ves pero tu subconsciente sí, y tu cerebro aún más.

Pero... ¿qué?

¿Qué había visto, sentido, oído, notado?

¿Y cuándo, dónde, cómo?

Intenté no hacerle caso, concentrarme en el trabajo. Comencé a fotografiar la tumba, por delante, por detrás, en general, en detalle, cada uno de los tres nichos; pero por encima de todo, el de Vanessa, su placa mortuoria, las flores...

Las flores.

Había un detalle, y me golpeó la razón de pronto.

Todas las flores estaban en el lado de Eliza.

Todas.

Ninguna en el de Vanessa.

Fruncí el ceño.

Había algo más. Estaba seguro. Algo más. Algo que había sucedido en casa de Noraima Briezen.

Seguí disparando fotografías, dos carretes enteros para una pobre y pequeña tumba. También fotografié las más próximas y sus placas mortuorias, y tomé una perspectiva general. Fotos y más fotos, hasta que abandoné el cementerio media hora después.

Entré en el coche.

Cerré los ojos, puse el aire acondicionado y apoyé la cabeza en el reposacabezas del asiento. Traté de memorizar punto por punto y palabra por palabra toda la escena de mi llegada y estancia en casa de Noraima.

Cada vez que pensaba en ella, mi voz interior, mi instinto, era como si me gritara: «¡Caliente! ¡Caliente!».

¿Y si no era más que una tontería?

El maldito sabor de boca.

Acabé nervioso, irascible y mucho más inquieto; así que puse en marcha el motor y regresé a Oranjestad. Durante el resto del día no cambié de actitud. Fuera lo que fuera aquello, me picoteaba el cerebro de una forma persistente y constante. Lo único que podía hacer en este caso era trabajar aún más. Así que fotografié Aruba entera, la capital, las casas-pastel, el ambiente, el puerto. Pasada la hora de comer, y sin haber tomado nada, subí al bote que llevaba a los clientes a la Sonesta Island y una vez en ella paseé y hasta me di un baño. Pura gloria. Era un lugar privilegiado, salvo por la presencia del aeropuerto, demasiado cercano. Las iguanas se paseaban a mi lado mirándome de reojo, y los pelícanos caían del cielo para engullir peces del supermercado marino como si tal cosa. La isla, alargada, con protecciones para amortiguar las olas, que llegaban mansas a sus tres playas, era un microuniverso natural, y nosotros, los turistas, los alienígenas depredadores.

Regresé al hotel, me duché, me cambié y volví a salir. Me dirigí a Palm Beach para fotografiar la puesta de sol desde allí. Después acabé tumbado en una hamaca, contemplando el ocaso del día.

Más y más inquieto.

Las flores a un lado, en la tumba.

La casa de Noraima.

La dichosa voz interior, el instinto.

El caso estaba cerrado. La tumba de Vania estaba allí. Adiós.

Pero la voz seguía martilleándome la razón.

Una mulata que pasaba cerca me sonrió. Era lo único que me faltaba: una mulata en el paraíso. Pero no era mi día. La esperaba no muy lejos un guaperas armado con dos vasos de cola.

Tenía hambre. No había comido.

Me dijeron que la zona con los mejores restaurantes estaba en la carretera que unía Palm Beach con Noord, perpendicular a la playa. Monté en el coche y me metí por ella. Tenían razón. Buenos y variados. Especialmente para comer marisco o cosas italianas. Me incliné por el marisco aun sabiendo que si presentaba una factura por haberme comido una langosta, a Porfirio le daría algo.

Aparqué, entré en el restaurante, uno llamado Buccaner, a la derecha en dirección a Noord, y esperé a que la camarera me iluminara con su sonrisa, que era abundante y generosa. Me tendió la carta, me dio dos minutos para que escogiera, y regresó a por mi pedido. Los precios eran exagerados, turísticos. Le dije lo que quería y mientras lo anotaba me fijé en sus manos. Mi eterna manía.

Sus manos.

Suaves, cuidadas, con dedos largos rematados por largas uñas pintadas de rojo.

Sus manos.

Y entonces la verdad me dio de lleno, me golpeó en el centro mismo de mi equilibrio, y casi me tiró al suelo.

No salí corriendo de milagro.

32

Reconozco que me sorprendí a mí mismo.

Fui capaz de cenar, meditar, comprender, y después pagar, salir, subir a mi coche y dirigirme a casa de Noraima sin prisas, sin excesos ni locuras.

La clave habían sido aquellas manos y las flores en la tumba, pero aún más lo que había visto en la casa, nada más entrar, fugazmente.

Un pasillo con varias puertas, y al fondo, una, abierta.

Daba a un taller o estudio en el que vi objetos de pintura y lienzos.

Algo tan solo percibido.

Un simple y pequeño detalle sin importancia, y sin embargo...

Alguien pintaba allí. Alguien hacía cuadros, como *hobby* o por el motivo que fuese, pero los hacía.

Cuando tenía veinte años había salido con una chica que estudiaba pintura. Tenía un pequeño estudio en la buhardilla de su casa. Sus manos eran muy bonitas, pero las llevaba siempre sucias, siempre asquerosas por la dichosa pintura que no se iba ni con litros y litros de disolvente. A mí me molestaba no solo porque las tenía ásperas a causa de ello, sino porque eran como un arcoíris barroco y abigarrado, indisimulable. Cada vez que la presentaba a alguien, después acababan preguntándome a solas:

—Oye, ¿tu chica pinta casas o qué?

El «o qué» se refería siempre a si era así de guarra. Y yo tenía que explicar que era pintora, que se ponía perdida con la pintura, y que eso era normal en los artistas, porque lo de hacerlo con pinceles...

Las manos de Noraima estaban limpias, y cuidadas.

Muy limpias y muy cuidadas. En ellas no había caído una gota de pintura en días, semanas, meses.

¿Casualidad?

Entonces aparecían las flores en la tumba.

Todas debajo del nicho de Eliza, la niña.

Como si en la de al lado, en la de Vanessa, no hubiera nadie.

Nadie.

Me orienté perfectamente en Malmok hasta dar con la calle, abierta al mar y con el faro a la derecha, omnipresente y blanco, recortado contra la claridad de la noche, a un paso de la luna llena. No aparqué demasiado cerca. Lo hice a unos cincuenta metros. Bajé y caminé despacio, expectante, dispuesto a dar media vuelta o hacerme el despistado si...

Pero no sucedió nada.

Llegué a la casa. Tenía luz fuera, en el porche. Una luz muy tenue. El silencio era muy hermoso. Silencio plácido, como si el mundo y sus problemas estuviesen al otro lado del infinito. Las ventanas estaban cerradas y las persianas bajadas.

No supe qué hacer. Aunque me apostase fuera, no vería nada.

Tenía que arriesgarme.

Aun así, Noraima tal vez estuviese sola.

Nada hacía indicar que...

Entré en el jardín y cerré la cancela de madera. Si algún vecino me estaba espiando, llamaría a la policía, y ni mi madre desde España me sacaría del lío. Por suerte no había perros ni nada de eso. Caminé en dirección a la puerta, pero no llamé.

Rodeé la casa por la izquierda.

Primero no oí nada.

Finalmente... una voz.

—¿Cuándo crees que se irá?

Y una segunda.

—Tal vez se quede un par de días más, para hacer turismo.

Dos mujeres.

—Esa gente no pierde el tiempo. Se irá mañana o pasado.

—Parecía buen chico. Se ha quedado realmente afectado.

—Si ha hecho todo lo que te ha dicho que ha hecho...

Me detuve frente a una ventana. Podía verse el interior de la casa. La siguiente era la de la cocina, pero estaba abierta y no me acerqué. Tampoco fue necesario.

Vi a Noraima, cargada con unos platos que llevaba a la mesa.

Contuve la respiración.

Y después la vi a ella.

Vanessa Molins Cadafalch.

Simplemente Vania.

O mejor decir ya... simplemente Vanessa.

33

Le había preguntado a Carlos Sanromán cómo sería ella si viviese. Y él me había contestado:

—Era preciosa, única. Ahora tendría treinta y cinco años, así que... La plenitud, chico. La plenitud. Toda una mujer.

Y a mí se me había puesto un nudo en la garganta, porque recordé mi vieja teoría de que las cosas hermosas deberían existir eternamente.

La plenitud. Toda una mujer.

Se había quedado corto.

La mujer que veía a través de la ventana era algo más que hermosa. Era singular.

Ya no llevaba el cabello largo, sino corto; pero lo tenía igual de negro. Sus ojos seguían siendo grises, profundos; pero aquella dulce tristeza de antaño había dado paso a la mirada inteligente de la naturalidad y la primera madurez. Mantenía también su nariz recta y afilada, el mentón redondo, los labios carnosos pero aún más marcados y seductores que entonces. Y, por supuesto, aquella imagen de perenne inocencia juvenil se había transformado en la de una extraordinaria belleza adulta, llena de sobriedad, dotada de un encanto especial.

Ya no estaba tan delgada, aunque tampoco la noté excesivamente cambiada en eso. Era como tantas mujeres de treinta y cinco años, parecía estar en su punto; aunque su punto fuese el heredero de los años en los que fue una reina de las pasarelas. Se movía con gestos cargados de elegancia. Su clase aún estaba ahí. O sería que era todo lo que yo quería ver de ella.

Estaba mudo, alucinado, sin saber qué hacer.

Qué hacer.

¿Ir a por mis cámaras y portarme como lo que nunca había sido, un vulgar *paparazzi* capaz de robar la intimidad a las personas? ¿Largarme feliz aunque atrapado por aquel secreto? ¿Entrar y pedir la exclusiva de mi vida?

O simplemente llamar y...

Había ido hasta allí por eso.

Llevaba dos semanas dando tumbos por eso.

No recuerdo muy bien cuánto tiempo estuve inmóvil, espiándola, observándola mientras cenaba y se movía y hablaba con Noraima, igual que lo haría una hija con su madre, o dos grandes amigas. No recuerdo cuándo tomé la decisión final, ni tampoco recuerdo haber vuelto a la parte frontal de la casa. Únicamente recuerdo que los golpes dados en la puerta me despertaron de aquella catarsis.

Y cuando me abrió Noraima...

—¿Usted?

Vania ya no se hallaba a la vista.

—Lo siento —quise excusarme.

—¿Qué está haciendo aquí a estas horas?

—Déjeme hablar con ella, por favor.

En sus ojos vi un atisbo de rencor, y también de miedo.

—¿De qué me está hablando? ¡Váyase! ¿No ha tenido bastante con...?

—¿Quiere que regrese a España y cuente la historia que imagino, o prefiere darle una oportunidad?

Fue a cerrarme la puerta en las narices. Y yo no habría opuesto resistencia. Sin embargo, algo la detuvo.

—Noraima...

Vania estaba allí, visible para los dos.

—No, Vanessa, mi niña... —Fue como si le suplicara su amiga.

—Vamos —la exmodelo sonrió con ternura—, sabíamos que un día podía suceder, ¿no?

—Pero...

Vania se acercó hacia la puerta. Me observó con atención. Al contrario que Noraima, en sus ojos no había nada salvo tristeza. Una gran carga de tristeza.

Me encontré con su mano, tendida hacia la mía.

—¿Cómo te llamas? —quiso saber.

—Jon Boix, de *Zonas Interiores*.

Se la estreché. Una mano delicada y hermosa, aunque con restos de pintura en las uñas.

—Pasa —me invitó.

Miré a Noraima.

Se apartó.

237

Seguí a Vania unos pocos pasos. Su compañera cerró la puerta. Por alguna razón, creo que pocas veces en la vida me he sentido peor y, al mismo tiempo, en pocas me habré sentido mejor. Ambas sensaciones chocaban en mi espacio, en mi ánimo, produciéndome una reacción difícil de asimilar y aún más de dominar. Imaginé a un fan de John Lennon encontrándole vivo.

Ese era el problema. Para mí ya no se trataba de un reportaje.

Vania se detuvo de pronto, se cruzó de brazos y me miró.

—Noraima me ha contado todo: el tiempo que llevas buscándome, las personas con las que has hablado. ¿Tan importante piensas que soy todavía?

¿Cómo se mide la importancia de las personas, o de una noticia?

—Quería contar por qué alguien como tú es capaz de desaparecer un día y dejarlo todo en pleno éxito.

—Todo el mundo cree que estoy muerta.

—No todos.

—No, claro —asintió.

—¿Quién está en esa tumba del cementerio?

—Nadie —miró a su amiga negra y sonrió de nuevo—. Lo preparamos previendo que un día aparecerías tú.

—No lo hicimos tan bien —lamentó Noraima, que me seguía observando con desesperada rabia.

—¿Cómo has averiguado la verdad? —preguntó Vania.

—Alguien se dedica a pintar cuadros ahí atrás, en el patio, y las manos de ella —señalé las manos de Noraima— estaban muy limpias. Además, en el cementerio, las flores estaban todas debajo del nicho de la niña.

—Chico listo —ponderó ella.

Noraima dijo algo que no entendí, probablemente en papiamento.

—¿Quieres tomar alguna cosa? —me ofreció Vania.

—Un vaso de agua, gracias. —Tenía la boca seca.

—Siéntate.

La obedecí mientras daba media vuelta y se dirigía a la cocina. Noraima no se sentó. Continuó de pie, junto a la puerta, sin dejar de mirarme, como si yo fuera la peor de las ratas y considerara cuál sería la mejor forma de matarme.

No me sorprendió que exclamara en voz baja, como tentativa final:

—Por favor... Ahora está bien. Déjela en paz. Por favor...

Iba a decirle que yo nunca haría nada que la perjudicara, ni me inventaría historias, ni... pero no tuve tiempo. Vania regresaba con una botellita de agua fresca y un vaso. Me tendió ambas cosas y yo mismo me serví. Ella se sentó delante de mí.

—¿Qué es lo que quieres, una exclusiva?

Me lo preguntó cuando estaba bebiendo, así que tuve que tragar el agua antes de responder.

—No soy de esos —dije—. Yo solo quería escribir un reportaje.

—¿Qué clase de reportaje?

—Desapareciste hace casi diez años. Esa clase de reportaje.

—¿Pensabas que podía estar viva?

—Tenía esa esperanza.

—¿Por qué?

Bajé los ojos al suelo. Me sentí como el niño pillado in fraganti por la profesora de la que está perdidamente enamorado.

Creo que Vania comprendió.

—No tienes talante de paparazzi —manifestó.

—Será porque no lo soy.

—Cierto. Un paparazzi me habría seguido una semana entera con un tele y me habría fotografiado quinientas veces para después publicar alguna suerte de reportaje-escándalo o reportaje-sensación.

La miré a los ojos. Mientras lo hacía, me sentía pequeño; aunque lo superaba lentamente. Ella me ayudaba mucho con su actitud, su paz, su estabilidad. Parecía esperar.

Y me di cuenta de que así era porque, a pesar de las circunstancias, quien movía los hilos de todo aquello era yo.

Pensé en mamá y en Sofía.

—Dos personas me dijeron que lo más seguro era que te hubieras cansado de cuanto sucedió entonces, y que debías de estar en cualquier parte, viviendo muy tranquila, sin resentimientos, como otra persona.

—Dos personas inteligentes... y muy razonables —aseveró.

Me dio por reír, aunque no le dije que una era mi madre, y la otra una aspirante a modelo fracasada que parecía dispuesta a vivir de la realidad y que me gustaba.

—¿De qué te ríes?

—De mí mismo —mentí.

—¿Por qué?

—Tenía tu póster en mi habitación cuando era adolescente.

—A veces no es bueno que los sueños se hagan realidad. ¿Conoces la canción de los Rolling Stones? «Cuidado con lo que deseas, porque puedes conseguirlo» —me acompañó en mi sonrisa.

Noraima nos miró a los dos como si nos hubiésemos vuelto locos.

—¿Qué vamos a hacer ahora? —casi se puso dramática—. ¡Esto va a llenarse de periodistas!

—Quizá volver al mundo de los vivos sea una liberación. No más secretos ni más miedo a que suceda algo como esto. Pero, de todas formas..., no soy tan importante, Noraima —le dijo sinceramente ella—. Diez años es mucho tiempo. Ahora ya es tarde: me he vuelto un anacronismo —le gustó la palabra—. Soy historia. Supongo que da para un buen artículo y para recordar que una vez hubo tres chicas que alcanzaron la luna pero se quemaron con el sol, pero nada más. No habrá colas de fans a la puerta de casa —me miró y preguntó—, ¿verdad?

Todavía tenía aquella mirada.

Aquel calor hundiéndosete en las entrañas, desde cualquier fotografía o un póster.

Así que más en vivo y en directo.

Pensé en Greta Garbo, la Divina. Se retiró del cine y vivió cuarenta años en Nueva York, languideciendo, sin dar entrevistas. A veces alguno o alguna de sus fans iba al Central Park con la esperanza de verla pasear. Pero desde luego no hubo tumultos ni conmociones. Los artículos, los análisis, las retrospectivas de su vida y de su obra se sucedían, pero a ella jamás la importunaron en exceso. Y era la Garbo, no Vania. Y era Nueva York, no Aruba.

—Para mucha gente fuiste algo muy especial —le confesé.

—Es bueno saber que te han querido, o que aún te quieren.

Recordé a las personas con las que había estado hablando. ¿La querían? ¿Realmente...? De pronto me parecieron máscaras. Máscaras inmóviles que se desvanecían en el pasado. Fernández, Iturralde, Ashcroft, Sanromán, incluso...

Fue como si se asomara a mis pensamientos.

—¿Cómo está mi tía?

Se lo dije, y durante los siguientes minutos seguimos hablando, como viejos amigos, mientras Noraima, que apenas si se creía lo que estaba viendo y oyendo, acababa sentándose en una silla, con los ojos muy fijos en ambos, tratando de entender qué estaba pasando.

34

Vania se acercó a la orilla. Una leve ola, mansa, se aproximó a ella. No se tocaron. El agua llegó al límite de su periplo, retrocedió y volvió a tomar impulso para una nueva ola. Vania se la quedó mirando, mientras sus pies descalzos se hundían levemente en la arena húmeda. Yo, que no me había descalzado, estaba un par de pasos por detrás.

—Mucha gente sueña con retirarse a un lugar como este —la oí decir.

—Pero a los sesenta o setenta años.

—¿Estás seguro?

Giró la cabeza exhibiendo aquella sonrisa que tanto me turbaba.

—Debes de creer que estoy loca, o que soy una cobarde, ¿verdad?

—No —dije sinceramente—. Y más después de conocer toda la historia. O al menos creer que la conozco —la contemplé un segundo, bañada por la luna, sabiendo que nunca olvidaría esa imagen, y dije—: ¿Puedo preguntarte algo?

—Adelante.

—¿Te retiraste porque estabas cansada, agotada después de lo de Cyrille y Jess, o porque estabas enferma?

—Primero lo hice porque estaba enferma. Me vine aquí al salir de la clínica, y Noraima se encargó de que me recuperara. Pero después, durante aquellos meses de paz, pensando en el pasado, en Cyrille, en Jess... Un día comprendí que no tenía ya más deseos de ser Vania. Todo el que crea un monstruo, tarde o temprano ha de destruirlo, o el monstruo le destruye a él. Dejé que el tiempo se comiera a Vania y a las Wire-girls. Montamos lo de la tumba, por si acaso, para protegerme. Ni siquiera me había dado cuenta de que han pasado diez años. Dios mío... ¡diez años!

—¿No añoras...?

—No —respondió rápida.

—¿Eres feliz aquí?

—¿Te extraña? —bajó los ojos al agua—. Sí, supongo que sí, que te extraña. Yo, que he vivido en los lugares más excitantes y que he conocido a las personas más interesantes y que... —los levantó y los fijó en mí—. Pues soy feliz, muy feliz. Tengo justo lo que deseo: paz. Ya conocí la gloria, el vértigo, la locura, aquello por lo que muchas darían la vida. Y ¿sabes algo? Jess y Cyrille la dieron, y yo estuve a punto. Ahora soy otra persona. Afortunadamente no era pobre, así que...

—Pero esto —abarqué la isla, el mar.

—Esto es el paraíso —me confesó suavemente—. Y si quiero, estoy a tiro de piedra de Miami, de Caracas, de México City.

—¿Y España?

—En Barcelona, y en Madrid, y en París, y en muchas otras partes tengo los recuerdos. El futuro es otra cosa.

Quería preguntarle si se había vuelto a enamorar, si también había renunciado a eso; pero lo consideré impertinente, demasiado fuerte. ¿Y qué, si tenía a alguien en la isla? Era lo más lógico. El amor es lo único a lo que no se puede renunciar, porque está ahí, siempre. Aparece y desaparece a su antojo, sin que puedas hacer nada. Y ella era demasiado bella y sugestiva, aunque se escondiera en el último lugar del universo. Las personas buscan el amor lo mismo que las plantas el sol.

—Creo que no me ves como soy realmente —dijo Vania, volviendo hasta mí para proseguir el paseo por la playa.

—Supongo que yo tengo una imagen deformada de ti —acepté—. Siempre fuiste una especie de sueño, de mito. Y desde que inicié tu búsqueda y deseaba firmemente dar contigo...

—Soy una persona real, de carne y hueso, ¿ves? —extendió un brazo delante de mí—. Tú también eres de carne y hueso. Demasiado. No pareces un periodista.

—Puede que no lo sea, o al menos no tan bueno como debiera.

—¿Lo dices por los sentimientos?

—Sí.

—Una vez, un famoso fotógrafo me hizo unas fotos que no me acabaron de gustar, y se lo dije. Yo era muy joven entonces. Él me contestó: «Yo no trabajo para la idea que tienes tú de ti misma, sino que lo hago a partir de la idea que yo tengo de ti».

—Muy buena —reconocí.

—Todos tenemos una imagen de nosotros mismos, pero nunca coincide con la que tienen los demás. Y debemos entender la de los demás, aunque sin dejar de ser nosotros mismos.

Llegamos hasta una barca varada en la arena. Pudimos rodearla, pero fue como si nos obstaculizara el paso. Nos detuvimos frente a ella, y entonces nos apoyamos en su borda. La barca se llamaba *Moonflower*. Vania levantó su cabeza hacia el plateado disco que iluminaba la noche proyectando una estela luminosa en el mar.

—*Flor de luna* —dijo.

Yo la miré a ella. Su piel estaba morena por la vida en la isla, pero ahora me pareció muy blanca.

—¿Eres buena pintora? —quise saber.

—No lo sé. Nunca he puesto mis cuadros en venta.

—¿No te interesa...?

—Jon —me detuvo—. ¿No te has preguntado por qué mucha gente lo deja todo y se va?

—Porque están hartos.

—No, no exactamente. Te hablo de un tipo de gente, y sabes bien a cuál me refiero.

—Siempre son personas que antes han vivido mucho, y en muy poco tiempo.

—Así es —asintió con la cabeza—. Lo único que me interesa está aquí. Y soy feliz con ello. Solo tengo una duda que de vez en cuando me asalta.

—¿Cuál?

—Saber si un día me atreveré o no a escribir un libro. Yo no soy muy buena en esas cosas, aunque tenga los sentimientos.

Eso me sorprendió.

—¿Tus memorias?

—Sí. Y no porque le interesen a nadie, no soy tanególatra, sino por contar la experiencia de una niña que tuvo un sueño, lo vio cumplido, y después no pudo despertar de él.

—Tú sí despertaste.

—No tuve más remedio. Al final.

—Sería un libro muy útil para las miles de adolescentes que cada día anhelan ser modelos.

—Lo querrían ser igual.

—Pero al menos alguien les contaría una historia de verdad.

—Creo que ya la saben, eso es lo que me detiene. Me parece que no son tan tontas; saben que es duro, que cuanto más arriba quieres llegar más te cuesta y más has de pagar. Aunque, como es lógico, son sus vidas, y no van a rendirse. Tienen derecho a vivirlas, y a equivocarse. Leerían mi historia y dirían: «Sí, bueno, pero a mí no me pasará». O: «De acuerdo, pero valió la pena».

Las mismas palabras de Sofía.

—A los doce o trece años aún hay mucha ingenuidad, Vania.

—Pero despiertan pronto. Muchas caen, sucumben; otras se conforman con haber jugado a estar ahí, y algunas, las menos, lo consiguen, para bien o para mal. Sin embargo, saben de qué va la película. Así que no sé si mi libro no sería otra triste historia de una «pobre chica —puso énfasis en esas dos primeras palabras— que lo logró y después lo cuenta». No quiero escribir una advertencia. Solo querría contar una vivencia.

—Podría pasarme un mes por aquí, en verano, y ayudarte a escribirlo.

—¿Lo harías?

—Por supuesto. Sería muy tentador. Yo sí sé escribir. ¿Qué tal de coautor?

Me sonrió. Después me agarró del brazo y me obligó a reemprender la marcha. Ya no dejó este contacto.

—¿Cuántos días vas a quedarte aquí?

—No lo sé. Podría irme mañana, o pasado, o...

—Quédate un par de días, por lo menos —me ofreció—. Te enseñaré esto, iremos al Puente Natural, que es la única atracción de Aruba además de algunas cuevas, y hablaremos de ello.

—¿Y Noraima? —miré instintivamente hacia las luces de las primeras casas.

—Es una buena mujer, así que no te preocupes. No va a emponzoñarte la comida. Siempre ha ejercido de madre, y una madre no deja de querer lo mejor para una hija. Por cierto, ¿puedo hacerte una pregunta personal?

—Adelante.

—¿Tienes novia?

—No.

—¿Te gusta alguien?

—Siempre hay alguien que nos gusta.

—Bien —suspiró Vania—. Entonces, sé bueno con ella.

—Se lo diré de tu parte —reí.

—Pero no le cuentes esto —se refirió al paseo por la playa desierta, el mar en calma, la luna prácticamente llena, y ella y yo agarrados del brazo—. A ninguna le gusta, aunque la otra solo sea una amiga.

Una amiga.

Volví a recordar mi pensamiento de un rato antes.

El problema era que para mí ya no se trataba de un reportaje.

Y entonces Vania hizo aquella pregunta con un punto de femenina ironía:

—¿De verdad tenías un póster mío puesto en tu habitación?

—Como que estaba enamorado de ti —reconocí sin ambages.

Pero no le dije que había quitado el póster tan solo tres o cuatro años antes.

35

250 Cuando el avión despegó del Aeropuerto Reina Beatrix, miré por la ventanilla hacia el cabo norte de la isla.

El faro y, un poco más abajo, Malmok, y las casitas de colores frente a la playa.

Sabía que ella estaría mirando en mi dirección.

Así que levanté una mano y la agité leve, muy levemente, hasta que las yemas de mis dedos se apoyaron en el plástico transparente de la ventanilla.

No la retiré, ni desvié la mirada, hasta que la isla desapareció en algún lugar del mundo que se abría debajo de mí.

Entonces cerré los ojos y apoyé la cabeza en el respaldo de mi asiento.

La chica de la pareja de recién casados que tenía a mi lado suspiró.

—¡Qué rápido ha pasado!

—Se estaba de coña —lamentó él.

Oí cómo compartían su sentimiento de nostalgia abrazándose y besándose.

Me sentí mayor.

Me dio por tener reflexiones y por pensar tonterías de persona muy muy mayor.

O sea, que sonreí y traté de apartarlas de mi mente.

Había llamado a Sofía la noche anterior para decirle que regresaba. Me dijo que el trabajo ya era suyo, que a mi madre le había encantado y que le auguraba un buen porvenir, porque le notaba casta. Yo le aseguré que mamá tenía olfato, y que si ella lo decía...

—Pero no voy a dejar de ser modelo, ¿eh? Creo que ya hemos hablado de eso. Hasta que no me convenza de lo contrario...

Habíamos quedado para cenar y celebrarlo.

—¿Qué tal por ahí?

—Bien.

—¿La has encontrado?

—Te lo contaré cuando nos veamos.

—Pero...

—Ssshhh...

A mi madre no la había llamado. Solo un fax nada comprometedor: «Todo bien. Regreso en un par de días».

Todavía tenía que decidir muchas cosas.

Vania me lo preguntó, finalmente, la noche anterior, justo al despedirnos

—¿Qué vas a escribir?

—No lo sé.

—¿No lo sabes?

—No.

—Eres un periodista, no puedes ignorar eso.

—Y tú eres alguien que se ha ganado la paz, el descanso.

—Jon, no seas tonto: tienes lo que habías venido a buscar.

Me convencía, ella a mí, de mi deber.

—Tengo dos cosas. Por un lado, una tumba que prueba que Vanessa Molins Cadafalch ha muerto. Esa es una verdad. La tumba está ahí. Podría publicar esas fotos y sería una buena exclusiva, aunque resultase falsa. Y por el otro lado tengo a una mujer que no tiene nada que ver con la de hace diez años, y a la que no sé si descubrir, porque ya no es Vania, es Vanessa.

—¿Serías capaz de no publicar...?

Me encogí de hombros.

Y volví a pensar en la última página de *Lo que el viento se llevó*. Escarlata O'Hara diciendo: «Mañana será otro día».

Comprendí que no tomaría una decisión hasta llegar a Barcelona, más aún, hasta un segundo antes de ver a mi madre y decirle hola. Y faltaba demasiado para eso.

Llegaría, pero de momento todavía faltaba una eternidad.

—Escríbelo tú, o mañana vendrá otro con menos escrúpulos y lo hará a su aire —me advirtió ella.

Mañana, mañana, mañana.

—Siempre nos quedan tus memorias —la miré con afecto—. Digas lo que digas, serían una bomba.

—¿Por qué no te conocí hace diez años? —bromeó Vanessa.

—Porque entonces yo tenía quince.

—Es una razón —frunció el ceño.

Y ahora ella estaba terminando, mientras que yo todavía tenía que empezar.

O al menos así me lo parecía.

—Jon.

—¿Qué?

—Gracias.

No le pregunté por qué me las daba. Tal vez por haberla despertado, enfrentándola a sus fantasmas de nuevo, pero de muy distinta forma y con capacidad para vencerlos. Tal vez porque ella sí sabía ya cuál sería mi decisión. Tal vez por aquella promesa, o esperanza, o ilusión de un regreso para escribir juntos su vida. Tal vez por todo y nada.

Solo sé que después de darme las gracias, se acercó a mí y me dio un beso en los labios.

Fue nuestro último contacto, y nuestro adiós sin palabras.

Ahora tenía que pensar.

Ocho horas hasta Madrid, otra más de puente aéreo, el tiempo entre vuelo y vuelo, llegar a mi casa, llamar a Sofía, ir a ver a mi madre.

—Sí, mañana será otro día —suspiré muy a fondo, sonriendo y sin abrir los ojos, porque estaba muy bien con ellos cerrados y la huella de aquel beso revoloteando por mis labios.

Agradecimientos

En los casi diez años de recopilación de material para escribir esta novela, reuniendo reportajes, dosieres, noticias, biografías, artículos diversos, entrevistas con modelos, diseñadores, fotógrafos o expertos y hablando asimismo con personas vinculadas al mundo de la moda en sus distintas facetas, he llegado a perder la cuenta de las horas destinadas a esa búsqueda primero y a su elaboración después; y también, por desgracia, he perdido la cuenta de las personas que han aportado algo a la misma, a veces un simple detalle o una frase. De igual forma, por falta de espacio final, su relación sería interminable, así que mi gratitud es tan grande como su ausencia en estas páginas.

Sin embargo, sí quisiera destacar a algunas que considero esenciales.

En primer lugar a Marcel, al que está dedicada la obra, no solo por ser mi «asesor de imagen capilar» y mi amigo, sino por forzarme a que la escribiera con paciente insistencia y por introducirme hace ya años en la trastienda de mi primer desfile de modas. Gracias también a Toni

Miró, por ese desfile, a las primeras modelos que conocí en él, y muy especialmente a Anahi.

Los nombres de las modelos que se citan a lo largo del libro —menos las tres protagonistas, aunque sus historias son ciertas en la vida de otras modelos— son reales, lo mismo que los datos aparecidos en el capítulo 12. No así la Agencia Pleyel, aunque no se diferencie mucho de las principales agencias del mundo. Gracias, cómo no, a los archivos de *El Periódico*, *La Vanguardia*, *El País*, *Avui*, y las revistas *Woman*, *Lecturas* y otras.

El guion definitivo fue escrito en Sonesta Island, Aruba, en mayo de 1997, y terminé la novela en los primeros días del año 1998.

J. S. i. F.

Aquí acaba este libro
escrito, ilustrado, diseñado, editado, impreso
por personas que aman los libros.
Aquí acaba este libro que tú has leído,
el libro que ya eres.